5 ghost stories 5 ghost stori

5 ghost stories 5 ghost stories

ぞくぞくびっくり箱

なきむしオバケ 5つのお話

日本児童文学者協会・編

ぞくぞくびっくり箱

3

なきむしオバケ　5つのお話

もくじ

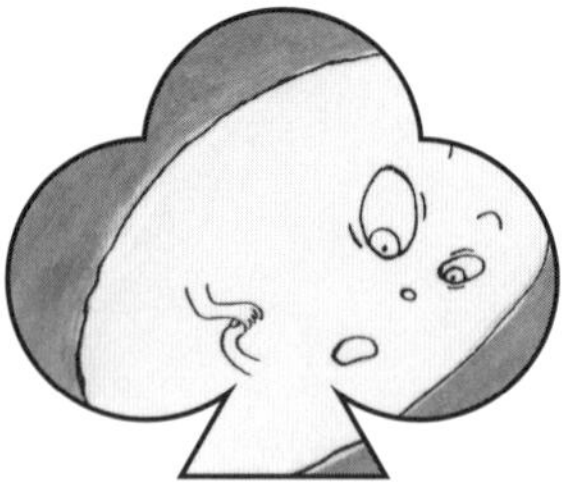

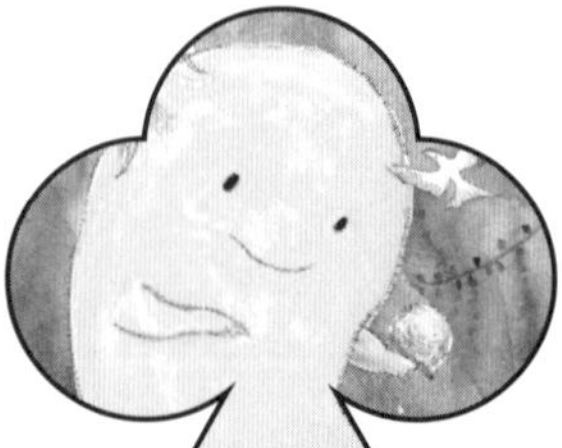

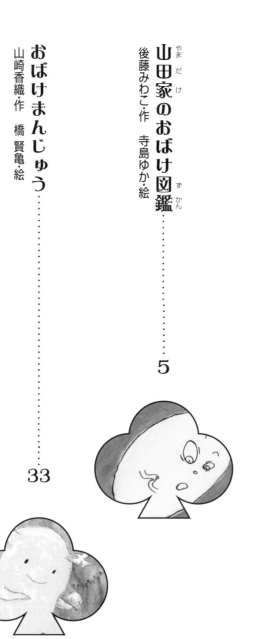

装幀・装画　あんびるやすこ

ぞくぞくびっくり箱

山田家《やまだけ》のおばけ図鑑《ずかん》

後藤みわこ・作　寺島ゆか・絵

「ど、はーっ」

ミチカがその木箱《きばこ》をあけたとたん、大声《おおごえ》をあげて、何《なに》かがとびだしてきました。銀色《ぎんいろ》で、まるくて……いいえ、形《かたち》は長《なが》まるです。

「ああ、広《ひろ》い！」

と屋根裏部屋《やねうらべや》いっぱいに声《こえ》をひびかせ、コキコキッとのびをしたら、長《なが》まるになったのでした。

「ボク、運動不足《うんどうぶそく》かな？」

目《め》を見張《みは》るミチカの前《まえ》で、その銀色《ぎんいろ》の長《なが》まるは、ごちん、べちんととびはねています。

「しーっ。静《しず》かにして、おばけさん」

ミチカが声《こえ》をかけると、銀色《ぎんいろ》の表面《ひょうめん》に、ぽかっとふたつの目《め》がひらきました。

その目《め》をのぞくようにして、ミチカはゆっくりといいました。

「さわぐと、ママたちに気《き》づかれちゃうから」

おばけは、ミチカの顔《かお》を見《み》つめたまま、今度《こんど》は口《くち》をひらきました。

「きみ、だあれ？」

「山田《やまだ》ミチカです」

元気《げんき》よく、ミチカは答《こた》えました。


その日《ひ》、ミチカはママにつれられて、いなかのおじいちゃんの家《いえ》にやってきました。

おじいちゃんというのは、ミチカのパパのお父《とう》さんです。でも、ミチカが生《う》まれるよりずっと前《まえ》に死《し》んでしまったので、ミチカはその顔《かお》を写真《しゃしん》でしか知《し》りません。

おじいちゃんが住《す》んでいた家《いえ》は、あき家《や》のまま古《ふる》くなりました。あちこちいたんで、次《つぎ》に台風《たいふう》がきたらバラバラにふきとばされてしまいそう。それで、とりこわすことになったのでした。

おばけがじっとしているのをたしかめて、ミチカはてのひらを耳《みみ》の後《うし》ろによせました。

階段《かいだん》の下《した》からは、足音《あしおと》も人《ひと》の声《こえ》もきこえてきません。

「気《き》づかれなくてよかった。ママたちはきっと庭《にわ》にいるんだね」

ホッとするミチカに、おばけがたずねました。

「ねぇ、ママタチって、なあに?」

「おとなたちよ。あたしのママと、親《しん》せきのおじさんや近所《きんじょ》のおばさん」

こわしてしまうこの家《いえ》には、まだいくつかの家具《かぐ》や道具《どうぐ》が残《のこ》されています。それらをかたづける相談《そうだん》のために集《あつ》まっているのです。

ママがおじさんたちと話《はな》しているあいだに、ミチカはこっそり、そばをはなれました。

あぶないから、うろうろしないようにね……といわれていたのですが、もちろん〝うろうろ〟なんかしません。まっすぐに、ここまできたのです。ギシギシときしむハシゴのような階段《かいだん》を注意《ちゅうい》ぶかくのぼって、屋根裏部屋《やねうらべや》にもぐりこんで……。

何《なに》をさがせばいいか、ミチカはちゃんとわかっていました。

それは、古《ふる》びた木箱《きばこ》。

積《つ》もったホコリをふーっとふきはらい、ふたをあけると、おばけが「ど、はーっ」とあらわれたのでした。

「ママがきみを見《み》たら、きっと『きゃあ、おばけーっ、こわいよー』って悲鳴《ひめい》をあげて、にげまわるよ。その拍子《ひょうし》に、きみのこと、ふんづけちゃうかも」

「こわいよぅ……」

おばけの声《こえ》がふるえています。ミチカはクスッと笑《わら》いました。

「うん、そんなママが、一番《ばん》こわいかも」

「でも、どうして、ママたちはこわがるの？」

「ふつうの人間《にんげん》は、おばけはこわいって思《おも》ってるから」

「ボクは、こわいおばけに会《あ》ったことないのにな。ミチカもおばけのなかま？

ボクを見《み》ても『こわいよー』っていわないね」

「ふつうの人間《にんげん》だよ。ふつうの女《おんな》の子《こ》」

「ほんとかなぁ？」

「ほんとだよ。だけど、こわがらないよ。きみに会《あ》いたくて、ここまできたんだもん」

「ボクに？　どうして？」

おばけは首《くび》をかしげようとしたのでしょう。でも、首《くび》はありません。かわりに、体《からだ》のどこかがコペッと音《おと》をたてました。

ミチカは笑顔《えがお》で胸《むね》をはりました。

「あたしはきみを知《し》ってるの」

「今《いま》はじめて会《あ》ったのに？」

「これをもってるもん」

ミチカは、一冊《さつ》のスケッチブックをおばけにさしだしました。

表紙《ひょうし》をめくると、こんな絵《え》があります。

おせんべいみたいな色《いろ》をした、四角《しかく》いもの。だれかがひと口《くち》かじったように、すみが欠《か》けていました。

絵《え》の横《よこ》には、

『屋根《やね》からおりてきては、のき下《した》で裏《うら》がえって、うなっています。見《み》つけたら、表《おもて》にむけてあげること。それから屋根《やね》にもどすこと』

と書《か》きそえてありました。

「このおばけの名前《なまえ》は『うらっかわら』っていうの。ほら、一番下《ばんした》に一番太《ばんふと》い線《せん》で書《か》いてあるのが名前《なまえ》なんだよ」

ミチカが指《ゆび》をさすと、おばけはうなずくように、ぺこんぽこんと体《からだ》を鳴《な》らしました。

「知《し》ってる知《し》ってる、会《あ》ったことがあるよ。風《かぜ》の強《つよ》い日《ひ》にとんじゃって、町《まち》はずれのお寺《てら》の屋根《やね》にひっこしたって、スズメが教《おし》えてくれたよ」

「いいこときいた！」

ミチカはポケットからえんぴつをとりだすと、絵《え》の横《よこ》のあいたところに書《か》きました。

『新《あたら》しいすみかを見《み》つけました』

それから、次《つぎ》の絵《え》をめくりました。そこには、長《なが》いカギが描《か》かれています。

くすんだ金色《きんいろ》で、くったりと折《お》れまがったカギでした。

横《よこ》に書《か》かれた説明《せつめい》を、ミチカは、おばけのために声《こえ》にだして読《よ》みました。

「土蔵《どぞう》のカギでした。土蔵《どぞう》がこわれ、あけるとびらがなくなって、今《いま》はひとりぼっち」

「この子《こ》も知《し》ってる！『カギぼっち』だよね。とびらに会《あ》いたくて、さびしがってるうちにくにゃくにゃになったの。光《ひか》るものが大好《だいす》きなカラスが自分《じぶん》の巣《す》につれていったから、今《いま》はきっとなかまがいるよ」

おばけは長《なが》まるの体《からだ》をかたむけながら、なつかしそうに絵《え》を見《み》ています。

ミチカはその絵《え》の横《よこ》に、えんぴつでこう書《か》きそえました。

『もうひとりぼっちじゃありません』

その次《つぎ》は、大《おお》きさも色《いろ》もちがうふたつのごはん茶《ちゃ》わんが重《かさ》なっている絵《え》でした。

『食器戸棚《しょっきとだな》の奥《おく》で、重《かさ》なったまま毎日口《まいにちくち》ゲンカ。だけど、本当《ほんとう》はとてもなかよしです』

そのおばけの名前《なまえ》は、『あわんちゃわん』です。

「いつもカチャカチャいってたよ。古道具屋《ふるどうぐや》のおじさんが大事《だいじ》にかかえて帰《かえ》ったから、きっと今《いま》でもふたりでいるよ」

長《なが》まるのおばけは「うんうん」とうなずくかわりに、こぽんこぽんとゆれました。

ミチカが余白《よはく》に『ずっとずっとなかよしです』と書《か》きこんでいると、おばけは床《ゆか》からうきあがって、くるくるおどりだしました。

「この本《ほん》、すごいね、みんなが載《の》ってるね」

ミチカはうなずき、スケッチブックの表紙《ひょうし》を見《み》せました。

そこには、こう書《か》いてありました。

【山田家《やまだけ》のおばけ図鑑《ずかん》】

「山田家《やまだけ》って、この家《いえ》のことよ。この絵《え》を描《か》いた人《ひと》の名前《なまえ》は、山田《やまだ》タツオ」

おばけは宙《ちゅう》でピタッととまり、ミチカを見《み》つめました。

「タツオ……？」

「あたしのおじいちゃんなの」

ミチカは、次《つぎ》の絵《え》をめくっておばけのほうにむけました。

そこには、銀色《ぎんいろ》の長《なが》まるが描《か》かれています。

「あ、ボクだ！　この絵《え》は、知《し》ってるよ！　タツオが見《み》せてくれたもん」

「そっくりだよね。横《よこ》に説明《せつめい》があるよ」

『ふとんをあたためてくれる子《こ》。でも、元気《げんき》がよすぎて、たたみにころげでて

しまいます。おしゃべりも大好《だいす》き』

「説明《せつめい》はちゃんと書《か》いてあるのに、ほら、ここ……きみの名前《なまえ》が消《き》えちゃってるの」

ミチカが指《ゆび》さしたのは、一番下《ばんした》。

『……しゅーたん』

最初《さいしょ》の何文字《なんもじ》かが、にじんで読《よ》めなくなっているのです。

「どうして消《き》えたのかな。あたし、きみの名前《なまえ》が知《し》りたいな」

この図鑑《ずかん》は、世界《せかい》にひとつ。よそのだれかに、山田家《やまだけ》のおばけの名《な》を教《おし》えてもらうことはできないのです。

期待《きたい》をこめてミチカが見《み》つめると、おばけはぴゅっと口《くち》をとがらせました。

「お、教《おし》えないもん」

「え、どうして?」

ミチカがたずねても、

「ぜーったい教《おし》えないもん！」

おばけは高《たか》くとんで、がぼんと、床《ゆか》にはねました。

はずみをつけて、ごぼん！

ミチカがつかまえようとしたときには、ころげおちるように階段《かいだん》をおりていってしまったのです。

「あ、だめ！　待《ま》って！」

ミチカはあわてて、おばけを追《お》いました。

長《なが》いあいだ箱《はこ》の中《なか》にいたのに、おばけは今《いま》でも、やっぱり元気《げんき》がよすぎるようです。

ろうかの奥《おく》から、声《こえ》がきこえてきます。

「どこ？　どこにいるの？」

だれかをさがしているようです。

玄関《げんかん》から台所《だいどころ》、お風呂場《ふろば》から居間《いま》へ。

たんすの裏《うら》をのぞき、押《お》し入《い》れにとびこむおばけ。

「ボクだよ、お返事《へんじ》してよ」

押《お》し入《い》れから、ひょいとぬけだし、柱《はしら》のかげにもぐりこみます。

ネコみたいにすばしっこいのです。

「ママたちに気《き》づかれちゃう」

おばけがはねた瞬間《しゅんかん》をねらって、ミチカは思《おも》いきりジャンプしました。

シュートをとめるゴールキーパーのように、すっぽりとおばけをかかえこみます。

いきおいあまって座敷《ざしき》のたたみにころがったまま、はあはあしながらミチカはいいました。

「あったかいんだね……おばけさん」

おばけはみんな、ひんやりしているものだと思《おも》っていたのです。

いごこち悪《わる》そうにモゾモゾしながら、おばけが答《こた》えました。

「ボク、湯《ゆ》たんぽだったたんだもん」

「湯《ゆ》たんぽって何《なに》？」

おばけはミチカを見《み》あげ、得意《とくい》そうにクイズをだしました。

「ボクの中《なか》をお湯《ゆ》でいっぱいにして、ふとんに入《い》れておくと、どうなるでしょう？」

「ええと……あ、おふとんの中《なか》があったかくなる……？」

「その通《とお》り！　ボクはタツオのふとんをあっためながら、いつもいっしょに寝《ね》てたんだよ。足《あし》の裏《うら》をくすぐったり、毛布《もうふ》の裏《うら》にかくれたり……楽《たの》しかったなぁ」

「もう、湯《ゆ》たんぽじゃないんだね。おばけなんだね」

「うん！　大事《だいじ》にされて長生《ながい》きした子《こ》はみんな、おばけになるんだから。タツオはね、ボクが古《ふる》くなっても……それでときどき、ポトポトとお湯《ゆ》をもらしちゃうようになっても、捨《す》てないでいてくれたんだよ。ああ、タツオ、大好《だいす》き」

そこまでいうと、おばけは口《くち》をつぐみ、ぎゅうっと目《め》をとじました。

おばけがおとなしくなると、おじいちゃんの家全体《いえぜんたい》が、しん……と静《しず》まりかえりました。

ママやおじさんたちは今《いま》、裏庭《うらにわ》を見《み》ているようです。笑《わら》い声《ごえ》がかすかに、きこえてきました。

「よし、今《いま》のうち……」

おばけを腕《うで》にだいたまま、ミチカは、足音《あしおと》をしのばせて屋根裏部屋《やねうらべや》にもどりました。

おばけ図鑑《ずかん》のそばに座《すわ》り、ミチカが手《て》をはなすと、湯《ゆ》たんぽおばけは、ぽかりと宙《ちゅう》にうかびました。

そして、さびしそうにいいました。

「だれもいないね、この家《いえ》」

ミチカはうなずきます。

「残《のこ》ってるおばけは、きみだけなんだよ」

「うらっかわらもカギぼっちもあわんちゃわんも……もう、いないもんね」

「きみは、だれをさがしてたの？　おじいちゃん？　おじいちゃんだって、ずっと前《まえ》に遠《とお》くへいっちゃったんだよ。みんなが天国《てんごく》ってよんでるところだよ。もう帰《かえ》れないの」

天国《てんごく》までどのくらい遠《とお》いのか、ミチカにはわかりません。でも、うんと遠《とお》いことは知《し》っています。

おばけは、しょんぼりいいました。

「タツオがいないことも知《し》ってるよ。ボクが会《あ》いたいのは、タカシだよ」

「タカシ？　山田《やまだ》タカシ？」

思《おも》いがけない名前《なまえ》をきいて、ミチカは目《め》をぱちぱちさせました。

「パパのこと？　ここにはいないよ。よんでもきこえないよ。パパも遠《とお》くにいるんだよ」

「えええ！」

おばけはさけぶと、気絶《きぜつ》する人《ひと》みたいに、ゴテッとあおむけにたおれました。それから、長《なが》まるの体《からだ》で、ゴロンガロンと、すみっこにころがってとまりました。

あわてて追《お》いついたミチカは、おばけの体《からだ》の下《した》で床《ゆか》がぬれているのに気《き》づきました。

古《ふる》びた湯《ゆ》たんぽからお湯《ゆ》がもれるように……おばけの目《め》からポトポトと涙《なみだ》がこぼれているのです。

「どうしたの？　どうして泣《な》くの？」

ミチカが長《なが》まるのてっぺんをなでると、おばけはしゃくりあげました。

「だって、だって、タカシも遠《とお》くにいっちゃったんでしょ？」

「うん、アメリカ」

「それ、天国《てんごく》とはちがう国《くに》？」

「海《うみ》のむこう。お仕事《しごと》で、もう半年《はんとし》もアメリカでくらしてる。遠《とお》いからなかなか帰《かえ》れないんだ」

おばけがミチカを見《み》あげ、ぬれた目《め》をぱちぱちさせました。

「タカシ……帰《かえ》ってくるの？」

「もちろんだよ！　来年《らいねん》だけどね」

おばけはホッとしたように、小《ちい》さな声《こえ》でいいました。

「もう泣《な》かない」

ミチカはうなずき、おばけをだっこすると、図鑑《ずかん》のそばにもどりました。

もう一度《いちど》、耳《みみ》をすませてみます。

だいじょうぶ、おとなたちの声《こえ》や足音《あしおと》は近《ちか》づいてきません。まだまだ、気《き》づかれてはいないようです。

かすかにきこえてくるのは、笑《わら》い声《ごえ》ばかり。きっと、おじさんたちがこの家《いえ》やおじいちゃんの思《おも》い出話《でばなし》をママにきかせているのでしょう。

でも、みんなは【山田家《やまだけ》のおばけ図鑑《ずかん》】のことを知《し》りません。

お湯《ゆ》がもれちゃう湯《ゆ》たんぽを、おじいちゃんが大事《だいじ》にしていたことも。

だから、おばけになって、こうして生《い》きつづけていることも……。

ミチカはそっと、画用紙《がようし》をめくりました。

「こっちの絵《え》も見《み》て。『おこりんぼウチワ』や『ケタケタわらいゲタ』……もっとおおぜいのおばけが、山田家《やまだけ》にはいたんだって。おじいちゃんが死《し》んだあと、残《のこ》っていたおばけもひとりひとりひっこしていったんだって。パパがお別《わか》れをいったんだって」

ミチカのひざにのって、床《ゆか》に広《ひろ》げた図鑑《ずかん》を見《み》ながら、しんみりと、湯《ゆ》たんぽおばけはいいました。

「みんな、どこかで元気《げんき》にしてるかな」

「元気《げんき》だよ、きっと、きみみたいにね」

「うん、きっとそうだよね」

「おじいちゃんが描《か》き残《のこ》していったおばけたちの絵《え》を見《み》つけたのはパパなの。こうやって図鑑《ずかん》にして、ずっとだいじにもってたの。そして、アメリカにいく前《まえ》にあたしにこっそりあずけてくれたんだよ。この家《いえ》がこわされるってきいたとき、パパがあわてて電話《でんわ》をかけてきたの。おばけがひとり、屋根裏部屋《やねうらべや》でねむったままでいるかも、さがしてくれって」

だから、ミチカはここにきたのです。

ひとりごとみたいにひっそりと、おばけがいいました。

「タツオが天国《てんごく》にいったときね。ボク、悲《かな》しくて悲《かな》しくて、タツオが描《か》いてくれた絵《え》を見《み》ながら、いっぱい泣《な》いたの」

「涙《なみだ》でにじんで、名前《なまえ》が消《き》えたのね」

おばけははずかしそうに、くぽっと音《おと》をさせてうなずきました。

「涙《なみだ》がでたらからっぽになって、動《うご》けなくなっちゃったの。タカシがボクを見《み》つけてくれて、だっこしてくれて、それから箱《はこ》に寝《ね》かせてくれたんだ。もとにもどるまで、じっとねむっておいでって。タカシはそのころ、今《いま》のミチカちゃん同《おな》じくらいの年《とし》だったの」

「パパも、いっぱい泣《な》いたよね。お父《とう》さんが天国《てんごく》にいっちゃったんだもんね」

「うん、きっとそうだよね」

でも、それはずいぶん前《まえ》のこと。

湯《ゆ》たんぽおばけが箱《はこ》の中《なか》でねむっているあいだに、山田家《やまだけ》に残《のこ》っていたおばけたちはそれぞれに旅立《たびだ》ち、タカシもおとなになってでていき、家《いえ》はからっぽになりました。湯《ゆ》たんぽおばけは、最後《さいご》のひとりなのでした。

「見《み》つけだせて、よかった……」

ミチカはもう一度《いちど》、おばけをギュッとだきました。

おばけが、おどろいたようにいいました。

「ミチカちゃんも、あったかいね」

おじいちゃんもパパもあったかかったんだなと思《おも》いながら、ミチカはいいま

した。

「もうすぐ、この家《いえ》はこわされちゃうの」

「ボク、でていかなくちゃいけないんだね」

「だから、うちにこない？」

「ミチカちゃんち？」

「うちだって『山田家《やまだけ》』だもん。パパもよろこぶよ。ママは一度《いちど》くらい、『きゃあ』ってにげると思《おも》うけど、だいじょうぶ、うまく紹介《しょうかい》するから。ね、あたしんちのおばけになりなよ」

とってもとってもうれしかったので、おばけはミチカの腕《うで》から空中《くうちゅう》にもがきでて、つーんと顔《かお》をあげました。

涙《なみだ》がおちないようにするためです。

それから、そっぽをむきました。

やっぱり涙《なみだ》がこぼれたからです。

泣《な》いているのをごまかそうと、おばけは口《くち》をとがらせました。

「ミ、ミチカちゃんなんか、ボクの名前《なまえ》も知《し》らないくせに……！」

クスッと笑《わら》って、ミチカはいいました。

「わかっちゃった。『なきむしゅーたん』？」

おばけが、クルッとふりむきます。

「ミチカちゃん、すごい！　どうしてわかったの？」

だって、泣《な》き虫《むし》なんだもん。

ミチカは心《こころ》の中《なか》だけで答《こた》え、えんぴつをにぎりました。

消《き》えてしまった文字《もじ》を、な、き、む……と、ていねいに書《か》き入《い》れると、あいたところに説明文《せつめいぶん》をたしました。

『新《あたら》しい山田家《やまだけ》で、ミチカと楽《たの》しくくらしています。もう泣《な》きません』

ぞくぞくびっくり箱

おばけまんじゅう

山崎香織・作　橋 賢亀・絵

江戸《えど》という町《まち》のはずれに、つぶれそうなまんじゅう屋《や》がありました。まんじゅうの味《あじ》はそれほどわるくないものの、江戸《えど》の町《まち》には、ゆうめいなまんじゅう屋《や》がたくさんあり、なかなか売《う》れません。

まんじゅう屋《や》には、豆助《まめすけ》というせがれがおりました。

豆助《まめすけ》は、店《みせ》の前《まえ》のはきそうじをすませると、ふろしきのつつみを背中《せなか》にくくりつけ、家《いえ》の中《なか》にむかって声《こえ》をかけました。

「かあちゃん、寺子屋《てらこや》にいってくるよ」

「あいよっ。がんばっといでっ」

中《なか》から元気《げんき》なかあちゃんの声《こえ》がしました。

豆助《まめすけ》はぞうりをぱたぱたいわせて、走《はし》りだしました。

寺子屋《てらこや》は、子《こ》どもたちが、読《よ》み書《か》きやそろばんをべんきょうするところです。

豆助《まめすけ》は、長屋《ながや》の前《まえ》にくると、大《おお》きな声《こえ》で友《とも》だちをよびました。

「ゆきっちゃーん」

長屋《ながや》の奥《おく》のひき戸《ど》があいて、体《からだ》の大《おお》きい油吉《ゆきち》がとびだしてきました。

油吉《ゆきち》のとうちゃんは、天《てん》ぷらの屋台《やたい》をやっています。やはりあまりもうかっていません。味《あじ》がわるいわけではないけれど、しゃれっけのあるいきな江戸《えど》っ子《こ》、つまり、かっこつけたがりの江戸《えど》っ子《こ》は、ひょうばんの店《みせ》ばかりいこうとするのです。

さて、ふたりが、池《いけ》と深《ふか》い森《もり》のあいだの道《みち》を歩《ある》いていると、どこからか泣《な》き声《ごえ》がきこえてきました。

この道《みち》は昼間《ひるま》でもうす暗《ぐら》く、ぶきみなようすです。むかし、お侍《さむらい》さんにころされた女《おんな》の幽霊《ゆうれい》がでるといううわさもあります。

そんなこともあり、豆助《まめすけ》と油吉《ゆきち》は、かたいやくそくをかわしています。ぜったい寺子屋《てらこや》を休《やす》まないこと。もし、ひとりでここを通《とお》ることになったらこわいからです。

しく……しく、しく……

「おい、なんか、すすり泣《な》くような声《こえ》がしなかったか?」

油吉《ゆきち》がいいました。

「ば、ばかなこというんじゃねえよ」

ふたりは、顔《かお》を見《み》あわせます。

ひっく……ひっく……えぇーん、

たしかにきこえます。しかも、ふたりのすぐ後《うし》ろから。

「わあああああ」

豆助《まめすけ》と油吉《ゆきち》は、そろって走《はし》りだしました。

ぞうりの音《おと》をばたばたさせてひっしで走《はし》ります。けれど、泣《な》き声《ごえ》もついてきます。

「えーん、えーん」

「わあぁ、おってくる」

ふたりは死《し》にものぐるいで走《はし》ります。

「びえ――――ん」

泣《な》き声《ごえ》の主《ぬし》はふたりを追《お》いぬき、その前《まえ》に立《た》ちはだかりました。

ふたりは大《おお》きくしりもちをつき、口《くち》をあけて、目《め》の前《まえ》に立《た》っているものを見《み》あげました。

白《しろ》いひとだまに、小《ちい》さな手足《てあし》をつけたようなかっこうのそいつは、『おばけ草子《そうし》』という絵本《えほん》にでていたおばけそっくりです。

「お、お、おばけ……」

おばけはおもいっきり泣《な》きつづけています。背《せ》たけは、豆助《まめすけ》より、頭《あたま》ひとつぶん低《ひく》いといったところでしょうか。その声《こえ》はまだ子《こ》どものようです。

はじめは、びっくりどっきりしていた豆助《まめすけ》たちも、少《すこ》しずつおちついてきました。そして、あまりに悲《かな》しそうなようすに、声《こえ》をかけずにはいられませんでした。

「おいおい、なんでそんなに泣《な》いてやがるんだ。江戸《えど》っ子《こ》は、こまってるやつはほっておけねえんだ。よかったら。そうだんにのるぜ」

おばけはしゃくりあげながらいいました。

「まいごになった」

「……まいごって、かあちゃんとはぐれたのかい」

おばけはうなずきました。

「かまくらのお山《やま》から、みんなでひたちの国《くに》にひっこすことになって。途中山《とちゅうやま》の中《なか》ではぐれだあ、ああああ」

「はぐれたのはこの近《ちか》くかい」

「池《いけ》のむこう」

池《いけ》のむこうには、背《せ》のひくい山《やま》があります。

「おめえな、はぐれたら、そこで待《ま》ってたらよかったじゃねえか。へたに動《うご》いちゃいけねえんだよ。ばかだなあ」

油吉《ゆきち》があきれたようにいいました。

そこでまたおばけは泣《な》きだしました。

「まあまあ、すんじまったことはしかたねえ」

豆助《まめすけ》が腕《うで》をくんで考《かんが》えます。

「こまったなあ」

「このあたりで待《ま》ってたらどうだ。おらたち今《いま》から寺子屋《てらこや》にいくんだ。おらたちは、つぶれそうな店《みせ》のあととりだからな、うんとべんきょうして、算術《さんじゅつ》なんかすいすいできるようになって、店《みせ》をたてなおさなきゃいけねえんだよ。わりいな」

油吉《ゆきち》は立《た》ちあがって、しりをぱんぱんたたくと歩《ある》きだしました。するとおばけはしゃがみこみ、体《からだ》をまるめて泣《な》きました。

「ちっとも、江戸《えど》っ子《こ》じゃないー」

そのことばをきいた豆助《まめすけ》は、鼻《はな》とほっぺをぶーっとふくらませて立《た》ちあがると、胸《むね》をどんっとたたきました。

「てやんでえ。こちとらあ、生《う》まれもそだちも江戸《えど》っ子《こ》よ。泣《な》いてるおばけをほっといたら、おてんとう様《さま》に顔《かお》むけできねえ。おいらについてきな。寺子屋《てらこや》で、どうしたらいいか、みんなでそうだんすることにしようや」

おばけの登場《とうじょう》に、はじめはこわがって遠《とお》まきに見《み》ていた寺子屋《てらこや》の子《こ》どもたちも、さいごにはおもしろそうに、おばけをぐるりととりかこみました。

おばけはまた泣《な》きだしました。

「おばけなんて、えらそうなよび名《な》だが、ただの泣《な》き虫《むし》じゃねえか」

そんな声《こえ》もきこえてきます。

「まあまあ、みんな、あんまりこくなことはいわねえで、やさしくしてやってくんな。おめえらだって、かあちゃん、とうちゃんとはぐれてみな。どんだけ心《こころ》ぼそいか」

豆助《まめすけ》がおばけをはげますように、そのつるりとした肩《かた》あたりに手《て》をおきました。

そこへ、まいごのおばけがいるときいて、あわてて先生《せんせい》がやってきました。

みんなをかきわけ、おばけのすがたを見《み》た先生《せんせい》は、目《め》をまあるくしていいました。

「な、なんと、こ、これがおばけか……いやはや、うわさどおりのすがたかたち」

豆助《まめすけ》は先生《せんせい》にいいました。

「先生《せんせい》、どうしたら、こいつのかあちゃん、みつけてやれますかね」

「う、うーん。そうだなあ。まいごのおばけ……そういやあ、なまえはなんてんだ」

先生《せんせい》がたずねるとおばけはいいました。

「おばけの太郎《たろう》」

「そうか……おばけの太郎《たろう》をあずかってますってはり紙《がみ》はどうだろう」

「おおっ」

「みんなで書《か》けばたくさん書《か》ける」

すると、おばけはまた泣《な》きました。

「だれも字《じ》が読《よ》めない。おいらも読《よ》めないけど」

「あっちゃあ。おばけは字《じ》が読《よ》めねえのかい。おばけの寺子屋《てらこや》はないのかい」

「そうだ、おばけの絵《え》を描《か》いたら？　目《め》に涙《なみだ》でも描《か》いておけば、泣《な》き虫《むし》なおばけの太郎《たろう》だってわかるんじゃないかね」

寺子屋《てらこや》一《いち》、頭《あたま》のいいお松《まつ》がいいました。

「おおー」

みんなはおもわずうなりました。

「でも、太郎《たろう》がどこで待《ま》ってるかわからねえぞ」

そこで、先生《せんせい》がいいました。

「矢印《やじるし》だ。紙《かみ》に矢印《やじるし》を書《か》いておくんだ。矢印《やじるし》にそって進《すす》むと、また矢印《やじるし》を書《か》いたおばけの絵《え》がある。たどっていくと……」

「たどっていくと……」

みんなが豆助《まめすけ》の顔《かお》を見《み》ました。

豆助《まめすけ》は、自分《じぶん》で自分《じぶん》を指《ゆび》さしました。

「おら……のうち？」

おばけの太郎《たろう》は豆助《まめすけ》の家《いえ》であずかることになりました。そして、こまったおばけをほっとけない江戸《えど》っ子《こ》たちは、矢印《やじるし》のついたおばけの絵《え》をたくさん描《か》いて、町中《まちじゅう》や、山《やま》や池《いけ》のまわりにはりました。

豆助《まめすけ》の家《いえ》の夕《ゆう》はん時《どき》です。豆助《まめすけ》ととうちゃん、それにおばけの太郎《たろう》は、かあちゃんがだしてくれた夕《ゆう》はんをじっとみつめました。

「すまないねえ。今日《きょう》はこれでがまんしとくれ」

かあちゃんがいいました。

「さっぱり売《う》れなくてねえ」

だされたのは売《う》れ残《のこ》りのまんじゅうです。

太郎《たろう》はおそるおそるまんじゅうを手《て》にとりました。

「まんじゅうは、食《た》べたことがあるのかい」

太郎《たろう》は首《くび》を横《よこ》にふり、まんじゅうをそっと口《くち》に入《い》れました。

「うまい……。すげえ、うまい」

太郎《たろう》がいいました。

「だろう？　味《あじ》はわるくないのさ。ただ、なぜか売《う》れねえ」

とうちゃんはうれしそうです。

「こんなふつうのまんじゅう、どこにでも売《う》ってら。同《おな》じ味《あじ》なら、しゃれた店《みせ》がいい」

豆助《まめすけ》がいいました。

「うまい、うまい……」

太郎《たろう》は、みんなのやりとりもきかず、夢中《むちゅう》で食《た》べました。

「おいら、まんじゅう大好《だいす》きだあ」


よく日《じつ》、豆助《まめすけ》が寺子屋《てらこや》にいこうとすると、太郎《たろう》がついてきます。

「家《いえ》にいろっていったろうが。おめえのかあちゃんたちがくるかもしれないだろう」

「……ぐすん」

太郎《たろう》はうつむいて、鼻水《はなみず》をすすります。ゆうべもかあちゃんたちを思《おも》いだしてか、ずっとふとんの中《なか》で泣《な》いていました。おかげで豆助《まめすけ》はねぶそくです。

「おいおい、また泣《な》くのかい」

かあちゃんがでてきました。

「おまえがいないとさみしいんだろ」

「こちとら、寺子屋《てらこや》は休《やす》まねえって、油吉《ゆきち》とやくそくしてんだい。江戸《えど》っ子《こ》は、やくそくをやぶっちゃなんねえのよ」

「おいらもいきたい」

太郎《たろう》がいいました。

「なんだってえ？」

「つれてってやんなよ。ひがな一日《にち》、ただ人《ひと》を待《ま》つのはつらいよ。もし、かあちゃんがきたら、ここにいてもらえばいいんだから」

太郎《たろう》はいいました。

「おいらもべんきょうする」

「はっ？」

太郎《たろう》はしんけんな顔《かお》つきです。

「……まあな。字《じ》が読《よ》めねえのはふべんだわ。でもよ、おめえさんだけが字《じ》を読《よ》めても、おめえのまわりはみんな字《じ》が読《よ》めねえんだろ」

「おしえる」

太郎《たろう》がいいました。

豆助《まめすけ》はすると、目《め》をみひらいて、おばけの背中《せなか》をたたきました。

「おめえ、なかなかみどころのあるやつだ。がんばれよ」

太郎《たろう》は寺子屋《てらこや》で、みんなといっしょにべんきょうをはじめました。

家《いえ》に帰《かえ》っても、太郎《たろう》のかあちゃんはいませんでした。

涙《なみだ》を流《なが》しそうな太郎《たろう》に豆助《まめすけ》は木《き》のぼうをわたすと、地面《じめん》にしゃがみました。

「ほら、今日《きょう》ならったひらがな、書《か》いてみな」

すると太郎《たろう》は、木《き》のぼうで地面《じめん》に文字《もじ》を書《か》きはじめました。

うまいまんじゅう

「いいぞ、いいぞ。ま？　ま、いいか」

そんなやりとりを、かあちゃんやとうちゃんもうれしそうに見《み》ていました。

次《つぎ》の日《ひ》も、豆助《まめすけ》と太郎《たろう》がそろって油吉《ゆきち》の家《いえ》にいくと、油吉《ゆきち》がもうしわけなさそうにでてきました。

「今日《きょう》は寺子屋《てらこや》、いけなくなっちまった」

「どうしたんだよ」

「とうちゃんが足《あし》をけがして、重《おも》い屋台《やたい》をひけなくなっちまったんだ。だから、おれとかあちゃんで、商売《しょうばい》にいこうと思《おも》ってな」

「そうか……、そりゃあ、たいへんだな」

「しかたねえよ。一日《にち》だって商売《しょうばい》は休《やす》めねえさ。うちはびんぼうだからよ。すまねえな、やくそくやぶっちまって」

豆助《まめすけ》はいいました。

「心配《しんぱい》すんなよ。太郎《たろう》がいるし」


寺子屋《てらこや》がおわり、豆助《まめすけ》と太郎《たろう》が家《いえ》に帰《かえ》ると、大《おお》きなつつみをもった客《きゃく》が店《みせ》からでてきました。

「ありがとうさんでした」

かあちゃんが元気《げんき》よく、お客《きゃく》さんを送《おく》りだしています。かあちゃんは、豆助《まめすけ》と太郎《たろう》を見《み》ると、走《はし》りよってきました。

「今日《きょう》、つくし堂《どう》がとつぜんお休《やす》みになったらしいんだよ」

つくし堂《どう》というのは、人気《にんき》のまんじゅう屋《や》です。

「それでさ、明日《あした》葬式《そうしき》があるってんで、こまったお客《きゃく》さんが買《か》いにきてくれたんだよ」

「葬式《そうしき》まんじゅうか。まあ、とにかく、よかったな、かあちゃん」

よろこんでいるふたりは、すぐに、もじもじしている太郎《たろう》に気《き》がつきました。

「あっ……」

かあちゃんが、すまなそうにいいました。

「今日《きょう》も、あんたのかあちゃんはたずねてこなかったんだよ。矢印《やじるし》にそって、ひまな人《ひと》が何人《なんにん》かたずねてきたけどね。まあ、そのおかげで、縁台《えんだい》でまんじゅう食《た》べてお茶《ちゃ》飲《の》んでくれて。おかげで、少《すこ》しもうかったけど」

太郎《たろう》の目《め》から涙《なみだ》がつつっとおちると、豆助《まめすけ》はあわてていいました。

「むかえにきたかあちゃんがおどろくように、早《はや》く字《じ》をおぼえような」

太郎《たろう》はさみしそうにうなずくと、木《き》の枝《えだ》をもってしゃがみました。

かあちゃんがこない

じめんに太郎《たろう》の涙《なみだ》で、黒《くろ》いしみができました。

夕方《ゆうがた》になり、まえかけをはずしたかあちゃんは、とうちゃんの腕《うで》をひいて店《みせ》の外《そと》にでてきました。

「さっ、今日《きょう》はいつもよりまんじゅう売《う》れたし、ゆきっちゃんの屋台《やたい》にてんぷらでも食《た》べにいこうかね。ゆきっちゃんのとこ、今《いま》、かあちゃんが商売《しょうばい》してるんだろ。少《すこ》し助《たす》けてやろう」

「いいねえ、さすが江戸《えど》っ子《こ》。よいごしの金《かね》はもたないってね。かせいだ金《かね》はその日《ひ》のうちに使《つか》う。こうでなくっちゃ」

豆助《まめすけ》は、ぴょんとたちあがりました。

「てんぷら？」

太郎《たろう》がたずねました。

「まんじゅうとどっちがうまい？」

「てんぷらはてんぷらでうめえ。くらべるのはむずかしい」

「おれ、一番《ばん》うまいのは、とうちゃんのまんじゅうだと思《おも》う」

そのことばにとうちゃんは、声《こえ》をころして泣《な》きました。みんな泣《な》き虫《むし》になったようです。


川《かわ》ぞいに、油吉《ゆきち》の家《いえ》の屋台《やたい》はでています。そばとすしの屋台《やたい》には人《ひと》がいますが、油吉《ゆきち》の家《いえ》の屋台《やたい》にはだれもいません。油吉《ゆきち》と油吉《ゆきち》のかあちゃんがひまそうにしているすがたが、ちょうちんのあかりにてらしだされています。

「よっ、日本一《にほんいち》のてんぷら！」

豆助《まめすけ》が大《おお》きな声《こえ》でよびかけました。

「食《く》いにきたぜ」

「少《すこ》しだけど、あまりもん」

かあちゃんは、まんじゅうのつつみを油吉《ゆきち》のかあちゃんにわたしました。

「ありがとうよ。じゃあ、てんぷらをあげようかね。たんと食《た》べてっておくれ」

油吉《ゆきち》のかあちゃんは、魚《さかな》や野菜《やさい》にころもをつけて、油《あぶら》の中《なか》におとします。

ぱーっところもが広《ひろ》がって、いいにおいがしてきます。

口《くち》に入《い》れるとさっくりして、やがて、野菜《やさい》や魚《さかな》のうまみが口《くち》いっぱいにあふれだします。

太郎《たろう》がいいました。

「うまい……まんじゅうもうまいけど、てんぷらもうまい。まんじゅうもてんぷらも一番《ばん》だ」

そして太郎《たろう》は、つぶやきました。

「一番《ばん》うまいまんじゅうを一番《ばん》うまいてんぷらにしたら、すごいだろうな」

「……」

みんなはだまりこみ、顔《かお》を見《み》あわせました。

油吉《ゆきち》のかあちゃんは、もらったまんじゅうのつつみをひらきました。そして、ひとつ手《て》にとると、ころもをつけ、するりと油《あぶら》の中《なか》に入《い》れました。その時《とき》、ころもをひきずったので、あがったまんじゅうは、おばけそっくりのかたちになりました。

「おばけまんじゅうだ」

豆助《まめすけ》がつぶやきました。

太郎《たろう》は、あつあつのまんじゅうをもらうとほおばりました。

「おいしい……一番《ばん》と一番《ばん》で、日本一《にほんいち》だ」

そして太郎《たろう》は泣《な》きだしました。

「かあちゃんやとうちゃん、みんなに食《た》べさせたいよおー」

油吉《ゆきち》のかあちゃんが次《つぎ》つぎおばけまんじゅうをつくり、みんなで食《た》べてみました。

「たしかに、うまい……」

「……新商品《しんしょうひん》だ」

「なまえは、おばけまんじゅう！」

「あたらしもの好《ず》きの江戸《えど》っ子《こ》にぜったいうける!!」

それから一週間《しゅうかん》もすると、おばけまんじゅうは大《だい》ひょうばんになりました。

豆助《まめすけ》の家《いえ》でつくったまんじゅうを、油吉《ゆきち》の家《いえ》の屋台《やたい》でてんぷらにします。

もちろん、豆助《まめすけ》の家《いえ》でも、油吉《ゆきち》の家《いえ》であげたまんじゅうを売《う》ります。

かわらばんには、

『おばけも泣《な》いてよろこんだ、おばけまんじゅう』

と、記事《きじ》になったほどです。


さて、おばけまんじゅうがひょうばんになって間《ま》がないある夕方《ゆうがた》。

豆助《まめすけ》と太郎《たろう》が、店《みせ》の前《まえ》の通《とお》りで字《じ》の練習《れんしゅう》をしていると、ふたりのしゃがんだかげにならぶように、おばけのかげがいくつもあらわれました。

ふりむくと、そこには、太郎《たろう》のかあちゃんたちが立《た》っていました。

「かあちゃん！　とうちゃん！」

太郎《たろう》はかあちゃんの胸《むね》にとびこむと、夕暮《ゆうぐ》れ空《ぞら》にひびくように大声《おおごえ》で泣《な》きました。

おばけ一家《いっか》は、

『おばけも泣《な》いてよろこんだおばけまんじゅう』のうわさをきいて、もしやと思《おも》いたずねてきたのです。

はりがみはあまり、というより、まったく役《やく》にたたなかったようですが、おばけまんじゅうを買《か》いにきたお客《きゃく》さんの役《やく》にはたったようです。


おばけ一家《いっか》が旅立《たびだ》つ日《ひ》がやってきました。

店《みせ》の前《まえ》は、見送《みおく》りの人《ひと》でいっぱいです。豆助《まめすけ》と油吉《ゆきち》、そのとうちゃん、かあちゃん。寺子屋《てらこや》の子《こ》どもたちと先生《せんせい》。そして……ただの見物人《けんぶつにん》。

豆助《まめすけ》は太郎《たろう》に、字《じ》が書《か》きやすいようにけずった木《き》のぼうをわたしました。

太郎《たろう》は、そのぼうで地面《じめん》に書《か》きました。

まめすけ、みんな、ありがとう
いつもでも、ずっと友だち

そして、ぐずぐず泣《な》きながら、ふかく頭《あたま》をさげると、家族《かぞく》そろって歩《ある》きだしました。

豆助《まめすけ》は、小《ちい》さくなるおばけ一家《いっか》にいつまでも手《て》をふりつづけました。

そののちもずっと、まんじゅう屋《や》もてんぷら屋《や》もお客《きゃく》さんでにぎわいました。おばけまんじゅうのおかげもありますが、豆助《まめすけ》も油吉《ゆきち》も、しゅぎょうとべんきょうにはげみ、いいあととりになったのです。

豆助《まめすけ》の店《みせ》には、人《ひと》ばかりでなく、ときおり、地図《ちず》をもった旅《たび》のおばけがやってきます。地図《ちず》には、

うまいまんじゅう

と書《か》かれた豆助《まめすけ》の店《みせ》が載《の》っています。字《じ》が読《よ》めるおばけたちに、豆助《まめすけ》はついつ

いおまけをしてしまいます。

どこかで、字《じ》の読《よ》み書《か》きを教《おし》えながら、旅《たび》のおばけが道《みち》にまよわないよう地《ち》図《ず》をつくる、友《とも》だちのすがたが目《め》にうかぶからです。

ぞくぞくびっくり箱

おねぼうフワリ

梨屋アリエ・作　後藤あゆみ・絵

朝《あさ》ねぼうのおばけがいました。

「うわあ、もうこんな時間《じかん》だ！」

おばけのフワリは、あわててとび起《お》きました。おばけの朝《あさ》は、暗《くら》くなる時間《じかん》です。あたりはすっかり夜《よる》のやみの中《なか》でした。

目《め》ざまし時計《どけい》をセットしたのに、今日《きょう》もねぼうをしました。アラームがなっても、ねぼけてスイッチをとめてしまったのです。

おばけのかつどうのベストタイムは、草木《くさき》もねむるうしみつどきです。それは人間《にんげん》の時間《じかん》で、真夜中《まよなか》の二時《じ》くらいです。なのに、もうとっくに、その時間《じかん》をすぎていました。朝《あさ》ねぼうというよりは、朝《あさ》と夜《よる》がさかさまになっているくらいの、大《おお》ねぼうです。

フワリは悲《かな》しくなって、めそめそしはじめました。

「ぼくは、なんてダメなおばけなんだろう」

今《いま》から人間《にんげん》をおどかしにいっても、みんなぐっすりねむっているでしょう。こんな時間《じかん》に起《お》きている人間《にんげん》は、おばけなんてこわがらない人《ひと》ばかりです。それに、あと一時間《じかん》もすれば、朝《あさ》がせまって、夜《よる》は明《あか》るくなりはじめます。

「今日《きょう》は、風邪《かぜ》をひいたことにしよう」

フワリはうそをついて、おばけのかつどうを休《やす》むことにしました。

その時《とき》です。携帯電話《けいたいでんわ》がなりました。

電話《でんわ》をしてきたのは、おばけ学校《がっこう》のヒヤリ先生《せんせい》でした。

「フワリくん。今日《きょう》もずる休《やす》みかい？　明日《あした》からおばけしけんがはじまるよ」

「ごほん、ごほん。ヒヤリ先生《せんせい》、ぼくは風邪《かぜ》をひいているんです」

「風邪《かぜ》でも腹《はら》いたでも、しけんはうけなきゃいけないよ。合格《ごうかく》しないと、りっぱなおばけにはなれないからね。これから三日《みっか》のうちに、人間《にんげん》をおどろかせなさい。せいとたちのこうどうは、しけんかんがチェックしているから、しっかり、いっしょうけんめいにやりなさい。さいしょに百点満点《ひゃくてんまんてん》をとったせいとには、ごほうびとして金《きん》メダルをあげることになっているからね」

「金《きん》メダル！」

おばけ学校《がっこう》のせいとにとって、金《きん》メダルをもらうことはみんなのあこがれでした。

「それじゃあ、けんとうをいのるよ」

ヒヤリ先生《せんせい》はそういって、電話《でんわ》を切《き》りました。

「ぼくにも金《きん》メダルがとれるかなあ」

フワリは、首《くび》からメダルをさげたかっこいい自分《じぶん》を思《おも》って、にこにこしました。

そのとき、からかうような声《こえ》がしました。

「なにがそんなに楽《たの》しいんだよ、フワリ」

おばけ友《とも》だちのユラアリがすがたをあらわしたのです。

ユラアリはのっぽでやせっぽのおばけです。

フワリはききました。

「やあ、ユラアリ。明日《あした》からおばけしけんがあるってしっているかい？」

「もちろんだよ。ぼくが一番《ばん》に金《きん》メダルをもらうに決《き》まってるさ」

そのとき、横《よこ》からすうっと、クラリがすがたをあらわしました。

クラリはとってもかわいいのですが、気《き》が強《つよ》いおばけです。

「あーら、わたしかもしれないわよ。今日《きょう》は三人《にん》もおどろかせたのよ。今日《きょう》がしけんだったらよかったのに」

すると、ヨロリもあらわれました。

ヨロリは体《からだ》が大《おお》きいわりに、すばしこいおばけです。ヨロリは胸《むね》をはっていばりました。

「それはどうかな。ぼくなんて、おもらしをさせたんだぞ。ちゅうがくせいの男《おとこ》の子《こ》なのに、ぼくがこわくて、ひとりでトイレにいけなかったんだからね」

「すごいわ、ヨロリ」

「しけんはきみが一番《ばん》だろうね」

ユラアリとクラリは、ヨロリのことをたくさんほめました。

ヨロリもまた、ユラアリとクラリのことをほめました。

「きみたちだって、すごいおばけじゃないか。ぼくたち三人《にん》はゆうしゅうだよ」

「まあね。うふふふ」

クラリは笑《わら》って、いじ悪《わる》くいいました。

「わたしたちにくらべたら、フワリはどうしようもないおばけよね。今日《きょう》だって、どうせねぼうをしたんでしょう？」

　フワリはいいました。

「ちがうよ。ごほごほ、ぼくは風邪《かぜ》ぎみで」

「昨日《きのう》もそういってたじゃないの」

「昨日《きのう》は熱《ねつ》がでたんだよ」

　フワリがいうと、クラリがつづけていいました。

「その前《まえ》は、虫歯《むしば》だったわね。その前《まえ》は、お腹《なか》がいたくて、その前《まえ》は、頭《あたま》がいたくて」

　フワリはいいかえしました。

「びょうきなんだから、しかたがないじゃないか」

　すると、ヨロリは笑《わら》いました。

「フワリのびょうきは、ねぼすけびょうだよ。さて、もうすぐおひさまがでてくることだし、ぼくはそろそろねようかな。どこかのねぼすけみたいになりたくないからね」

ヨロリはすばやくとうめいになって、シュワンとすがたをけしました。

「そうよ。ねぼすけなんてダサすぎよ。早《はや》ね早起《はやお》きは、けんこうのもと。おやすみなさい」

クラリもモワワンときえました。

友《とも》だちからバカにされたのがくやしくて、フワリは泣《な》きそうになりました。でも、まだ目《め》の前《まえ》にユラアリがいたので、ぐっとがまんしました。

「ぼくだって、時間《じかん》どおりにちゃんと起《お》きれたら人間《にんげん》の十人《にん》や二十人《にん》……」

「まあ、あいつらのことなんて、気《き》にするな。だれが一番《ばん》すごいおばけなのかは、明日《あした》になればわかるさ」

「だよね。ぼくにだって、考《かんが》えはあるんだ」

「おたがい、ベストをつくそうな。フワリも、夜《よ》ふかししないで、早《はや》くねたほうがいいよ。じゃあ、おやすみ」

かげろうのようにユラユラゆっくりすがたをけしていくユラアリに、フワリは手《て》をふりました。

「おやすみ。ぼくはよいさくせんを思《おも》いついたよ」

フワリの考《かんが》えたさくせんは、ねむらないということでした。

おねぼうのフワリは、起《お》きるのが苦手《にがて》です。だから、今日《きょう》はずっとねむらないようにします。ずうっと起《お》きていれば、ねぼうをすることはありません。フワリは自分《じぶん》の思《おも》いつきにわくわくしました。

「ぼくは、天才《てんさい》かもしれない」

おひさまがのぼって、まぶしい時間《じかん》になっても、ふわりはテレビをみたり、ゲームをしたりして、ねむらないように目《め》をあけていました。

フワリのさくせんは、うまくいったようでした。

でも、ごごになって、おひさまが西《にし》の空《そら》のほうにかたむきはじめてくると、まぶたがおもたくなってきました。

いつもならぐっすりねている時間《じかん》ですから、ねむくなるのはしかたがないのです。

「ふわあ、あくびがとまらないよ。暗《くら》くなるまで、ちょっとだけなら……」

ほんの十分《ぷん》のつもりで目《め》をつぶってしまったのが、しっぱいでした。

「やーい、ねぼすけ！」

その声《こえ》に、フワリがびっくりして目《め》をあけると、金《きん》メダルを首《くび》からさげたヨロリがいたのです。

「ぼくがさいしょに、百点満点《ひゃくてんまんてん》をとったのさ。それにくらべてなんだいフワリは。こんな時間《じかん》までねているなんて、よゆうだね」

クラリもあらわれました。

「くやしいわ。明日《あした》はわたしがぜったい銀《ぎん》メダルをとってやるから。ヨロリったらおねぼうフワリなんてからかってないで、わたしのコーチをしてちょうだい」

クラリはヨロリをつれて、ホワワシュワンとすがたをけしました。

時計《とけい》を見《み》ると、もうとっくに、うしみつどきをすぎていました。ちょっとだけのつもりが、ぐっすりねむってしまったのです。なんということでしょう！

そのとき、携帯電話《けいたいでんわ》がなりました。ヒヤリ先生《せんせい》からです。

「しけん一日目《にちめ》のせいせきを発表《はっぴょう》します。フワリくん、0点《てん》！」

ねないようにがまんして、がんばっていたのに。もうちょっとのところで、かんじんのときにねてしまったなんて。

「ぼくは、なんてダメなおばけなんだろう」

フワリは悲《かな》しくなって、しくしく泣《な》きだしてしまいました。

すると、ユラアリがあらわれていいました。

「泣《な》いたら、体《からだ》の水分《すいぶん》がなくなって、ひからびたおばけになっちゃうよ。しめっぽくないおばけなんて、ぜんぜんこわくないんだからね」

ユラアリは、フワリをなぐさめようとしてくれたのです。

「明日《あした》がんばれば、だいじょうぶだよ」

「ぼくは、明日《あした》もねぼうして、起《お》きられないかもしれない」

「早《はや》くねたらいいじゃない？」

「いつも、早《はや》くねようとするんだよ。だけど、ねようとすればするほど、目《め》がさえてしまって、ねむれなくなっちゃうんだ。なのに、起《お》きなきゃいけない時《じ》間《かん》になると、もうれつにねむくて起《お》きられないんだ」

「フワリの体《からだ》の時間《じかん》は、昼《ひる》と夜《よる》がさかさまになっているのかもしれないね」

「それじゃまるで人間《にんげん》みたいじゃないか。ぼくはなんてダメなおばけなんだろう」

「元気《げんき》をだしなよ。明日《あした》は、起《お》きられるかもしれないじゃないか。ぼくも、銀《ぎん》メダルをめざしてがんばろう。そうだ、ねる前《まえ》に、こわい笑《わら》い声《ごえ》をだす練習《れんしゅう》をしておかなくちゃ。ひぃーっひっひ……」

ユラアリは、こわい笑《わら》い声《ごえ》の練習《れんしゅう》をしながら、ユラユラきえていきました。

「明日《あした》はちゃんと、早起《はやお》きするぞ」

フワリはそうけっしんをして、早《はや》めにねむることにしました。だけど、目《め》をつぶっても、なかなかねむることができません。なにもしないでじっとしているのは、とてもたいくつです。

金《きん》メダルをもらったヨロリのことや、かわいいのにいじわるなクラリのこと、どりょくかのユラアリのこと、いろんなことを考《かんが》えてしまいます。そうして、さいごには「ぼくは、なんてダメなおばけなんだろう」と、悲《かな》しくなって、涙《なみだ》がでてきてしまうのです。

フワリはなかなかねむることができませんでした。ようやくうとうとしはじめたと思《おも》ったら、目《め》ざまし時計《どけい》がなりだしました。

あたりはうっすら暗《くら》くなりはじめて、おばけたちの朝《あさ》がやってきました。だけど、フワリの体《からだ》はまだぐったりねむったままで、起《お》きることができません。

フワリはゆめをみながら、うるさい目《め》ざまし時計《どけい》のスイッチをとめました。

「おねぼうフワリ。今日《きょう》はわたしが銀《ぎん》メダルをとったわよ！」

クラリの声《こえ》に、フワリはとび起《お》きました。

もう、うしみつどきをすぎていました。

「なんてこった。ぼくは、なんてダメなおばけなんだろう」

そして、携帯電話《けいたいでんわ》がなりました。ヒヤリ先生《せんせい》からです。

「しけん二日目《かめ》のせいせきを発表《はっぴょう》します。フワリくん、0点《てん》！」

フワリがしくしく泣《な》いていると、ユラアリがあらわれました。

「ヨロリとクラリにさきをこされて、くやしいなあ。明日《あした》こそ、メダルがもらえるようにがんばるぞ。フワリも明日《あした》、がんばればいいよ」

「でも、ぼくはきっと明日《あした》もねぼうをするよ。どうしても、朝《あさ》になると起《お》きられないんだ。おばけのみんながねている時間《じかん》なら、ぼくは元気《げんき》いっぱいなのに」

「ちきゅうのはんたいがわなら、昼《ひる》と夜《よる》がさかさまなんだよ。きっとおばけの昼《ひる》と夜《よる》も、さかさまになっているよ。そこでなら、フワリの時間《じかん》がみんなと同《おな》じになるのかも」

「ちきゅうのはんたいがわにいくなんて、むりだよ。ぼくはこの町《まち》のおばけだもの」

フワリはためいきをついて、ユラアリの前《まえ》からフワリとすがたをけしました。

次《つぎ》にフワリがすがたをあらわしたのは、ある人間《にんげん》の家《いえ》の中《なか》でした。

きばらしに、町《まち》をさんぽすることにしたのです。その家《いえ》では、学生《がくせい》が床《ゆか》いっぱいに本《ほん》をひらいて、しらべものをしていました。

机《つくえ》の上《うえ》のパソコンは、でんげんが入《はい》っています。パソコンの画面《がめん》には、この町《まち》の人《ひと》とはちがう顔《かお》つきの人間《にんげん》がうつっていました。

インターネットで、外国《がいこく》につながっているようでした。

そのとき、フワリの頭《あたま》の中《なか》に、すごいアイデアがうかびました。

インターネットで、外国《がいこく》にいる人間《にんげん》をおどろかせてみよう！

パソコンの画面《がめん》にうつっている人《ひと》の後《うし》ろにある時計《とけい》は、人間《にんげん》の時間《じかん》の真夜中《まよなか》をさしていました。そんな時間《じかん》におばけから話《はな》しかけられたら、ぜったいにこわがるはずです。

フワリはパソコンのカメラにうつらないようすがたをけして、話《はな》しかけました。

「ハロー。アイアム、オバケ。ベリー、コワイコワーイ」

すると、パソコンの画面《がめん》にうつっていた人間《にんげん》は、たどたどしい日本語《にほんご》でいいました。

「はっはっは。ウケルー」

こわがらせるどころか、いたずらだと思《おも》われて、ぎゃくに笑《わら》われてしまったのです。フワリのおばけとしてのプライドが、きずつきました。

「ぼくは、なんてダメなおばけなんだろう」

フワリはとてもおちこんで、その日《ひ》も涙《なみだ》を流《なが》しながら、ねむりました。

HAHAHAHAHAHA!

「やあ、フワリ。銅《どう》メダルがとれたよ！」

ユラアリの声《こえ》で目《め》をさますと、今日《きょう》もやっぱり、うしみつどきをすぎていました。

「ぼくは、なんてダメなおばけなんだろう。今日《きょう》こそはちゃんと起《お》きるつもりだったのに」

フワリがべそをかきはじめると、携帯電話《けいたいでんわ》がなりました。ヒヤリ先生《せんせい》からです。

「しけん三日目《かめ》のせいせきを発表《はっぴょう》します」

「ちょ、ちょっと待《ま》ってください。0点《てん》なのはわかっています。でも、もう一回《かい》、ぼくにチャンスをください」

「では、とくべつについかのしけんをしよう。今日《きょう》の真夜中《まよなか》までに人間《にんげん》をおどろかせられなかったら、フワリくんは0点《てん》で、おばけしけんにしっかくだからね」

「わかりました。ありがとうございます」

ヒヤリ先生《せんせい》がいう真夜中《まよなか》というのは、おばけの時間《じかん》の真夜中《まよなか》です。人間《にんげん》の時《じ》間《かん》ではおひさまが一ばん高《たか》いお昼《ひる》の時間《じかん》です。

ふつうのおばけならぐっすりねているころですが、おねぼうのフワリにとっては、まだまだ目《め》がさえている時間《じかん》です。

「ようし、いいことを思《おも》いついたぞ！」

フワリは町《まち》の遊園地《ゆうえんち》にでかけていきました。その遊園地《ゆうえんち》には、おばけやしきがあります。にせもののおばけの中《なか》にほんもののおばけがまぎれこんでいたら、人間《にんげん》はぜったいにびっくりしてこわがるはずです。

フワリはわくわくしながら、まっ暗《くら》なおばけやしきに入《はい》っていきました。中《なか》はとてもすずしくて、ほんとうにおばけがでそうです。ガタガタッと、とつぜんドアがゆれたり、へんなふえの音《おと》がひゅうひゅうきこえてきたりします。まるでさけぶ口《くち》のようにぱっくりこわれたちょうちんがかざってあるし、後《うし》ろでなにかのけはいがすると思《おも》ったら、つめたくてやわらかいなにかが、ぺろーんと首《くび》すじをなでていったりします。草《くさ》ぼうぼうのおはかの石《いし》の前《まえ》には、しずくがぴちゃぴちゃたれて、そこだけ床《ゆか》がじんわりぬれていたりして……。

おばけやしきの中《なか》をすすむうちに、フワリのわくわくした気持《きも》ちはだんだんしぼんでいきました。早《はや》くだれかをおどろかせて、さっさとおうちに帰《かえ》りたいと思《おも》いました。

すると、ちょうどいいところに、女《おんな》の人《ひと》が壁《かべ》のほうをむいて立《た》っていました。この人間《にんげん》をおどろかせれば、しけんはおわりです。

そうっとそうっと近《ちか》づいて、「ベロベロバア！」とやってしまえばいいのです。きっとしりもちをついてひっくりかえるほどおどろくでしょう。フワリはそうっとそうっと近《ちか》づいていきました。

そのときです。むこうを見《み》ていた女《おんな》の人《ひと》が、とつぜんこちらをむいたのです。

その血《ち》だらけの顔《かお》のおそろしさときたら！

「ぎゃああ～、でたあ～！」

ひめいをあげて、しりもちをついてひっくりかえってこわがったのは、フワリのほうでした。


「フワリくん、０点《てん》！」

すがたをあらわしたヒヤリ先生《せんせい》がフワリにいいました。おこった顔《かお》をしています。

「ごめんなさい。ぼくはなんてダメなおばけなんだろう」

「泣《な》いたって、なにもはじまらないじゃないか。きみはこれからどうしたいんだい？　りっぱなおばけになりたくないのかね？」

「ヒヤリ先生《せんせい》、ぼくは朝《あさ》ねぼうだし、ほんとうはとてもこわがりなんです。だから、みんなのようなおばけには、きっとなれないと思《おも》うんです」

「あきらめないでどりょくをすれば、きみだってこわいおばけになれるはずだよ」

「でも……」

フワリは、勇気《ゆうき》をだして先生《せんせい》にいいました。

「ぼくは、だれのことも、おどろかしたり、こわがらせたりしたくないんです。だって、かわいそうじゃないですか」

それは、ずっと心《こころ》の中《なか》にしまっておいたほんとうのきもちでした。「おばけのくせに」としかられたり笑《わら》われたりするのがこわくて、だれにもいえなかったきもちでした。

ヒヤリ先生《せんせい》はフワリの顔《かお》をじっとみつめると、「ふうむ」と考《かんが》えるようにいいました。

「先生《せんせい》の知《し》りあいに、赤《あか》ちゃんおばけのおせわ係《がかり》をさがしている人《ひと》がいる。赤《あか》ちゃんというものは昼《ひる》も夜《よる》もないから、こうたいでめんどうをみる人《ひと》がほしいそうだ」

ヒヤリ先生《せんせい》は、フワリのほほの涙《なみだ》をゆびでふいて、いいました。

「人間《にんげん》をおどかすだけがおばけじゃないよ。おばけを助《たす》けるおばけだって、りっぱなおばけのなかまだよ」


それから、おねぼうのフワリは、みんながねている時間《じかん》に起《お》きて、赤《あか》ちゃんおばけのおせわをがんばることにしました。そうして、おせわ係《がかり》の金《きん》メダルをたくさんたくさんもらったそうです。

ぞくぞくびっくり箱

岩《がん》石《せき》かいじゅうガンちゃん

たにむら・かずほ・作
北田哲也・絵

ガンちゃんが、ようがん広場《ひろば》でころんで、鼻《はな》をうちました。

ガンちゃんは、岩石《がんせき》かいじゅうです。

大《おお》きな体《からだ》は、ごつごつしていてかたく、じっとしていると、岩《いわ》にしか見《み》えませんが、鼻《はな》だけは、ふんわり丸《まる》く、マシュマロみたいにやわらかでした。

鉄《てっ》の鼻《はな》マスクをするのが鉄則《てっそく》ですが、今日《きょう》は、鼻《はな》がかゆくてはずしていました。

岩石《がんせき》かいじゅうは鼻《はな》が命《いのち》。

鼻《はな》をぶつけたとあっては、とても生《い》きていられません。

自分《じぶん》の体《からだ》から、ふっとぬけでたガンちゃんは、風船《ふうせん》みたいに空《そら》へ空《そら》へとのぼっていきました。

雲《くも》の上《うえ》にでると、桃《もも》のようないい香《かお》りがして、白《しろ》くふわふわした花《はな》が、いちめんに咲《さ》いていました。

ずっとむこうに、白《しろ》い雲《くも》の山《やま》がもりもりもりあがっています。

その上《うえ》のほうから、人《ひと》や動物《どうぶつ》、魚《さかな》や鳥《とり》たちの、長《なが》い長《なが》い行列《ぎょうれつ》が、できていました。

ガンちゃんが、列《れつ》にならんでいるカメのおじいさんに、

「なんでならんでいるんですか？」

と、きくと、おじいさんは、

「あの白《しろ》い山《やま》の上《うえ》に、天国《てんごく》の入《い》り口《ぐち》があるそうでな。みんな、そこにいくためにならんでおるのだよ」

と、教《おし》えてくれました。

「え～っ。天国《てんごく》～～？」

ガンちゃんの目《め》は、おぼんのように大《おお》きくなりました。

「じゃ、ぼくって、死《し》んでるの？」

「ここに、こうしているってことは、そういうことらしいのぉ」

カメのおじいさんはそういうと、

「あとは、天国《てんごく》に入《はい》るだけ。何日《なんにち》もかかるそうじゃが、時間《じかん》はたっぷりある。のんびり待《ま》とう……のんびり、のんびり……」

と、目《め》をとじてねむってしまいました。

「ずっと待《ま》ってるの、ぼく、いやだな」

ガンちゃんが、あたりを見《み》まわしてみると、白《しろ》い花《はな》いちめんの雲《くも》の上《うえ》に、一カ所《しょ》だけ、黒《くろ》くて丸《まる》いところがありました。

「池《いけ》かな」

ガンちゃんがそばにいってみると、その丸《まる》いものは、穴《あな》でした。

「なんだろう」

のぞくと、石《いし》の階段《かいだん》があり、下《した》へ下《した》へとのびています。

「よし。たんけんしてみようっと」

ガンちゃんは穴《あな》に入《はい》りました。

せまい階段《かいだん》をどんどんおりてゆくと、中《なか》は、とても広《ひろ》い空洞《くうどう》になっていました。

ずうっと下《した》の中《なか》ほどに、島《しま》のようにうかんだ大《おお》きな岩《いわ》があり、階段《かいだん》はそこにむかってのびています。

まわりを見《み》まわすと、たくさんの階段《かいだん》があちこちからおりてきて、その先《さき》は、みんな同《おな》じ岩《いわ》につながっていました。

岩《いわ》につくと、今《いま》までおりてきた階段《かいだん》はつつーっとちぢみ、石《いし》になってころがりました。

赤《あか》い火《ひ》が見《み》えます。

燃《も》える扉《とびら》でした。

扉《とびら》の横《よこ》に立《た》っている赤《あか》オニが、

「ひらけー、ドア！」

と、さけぶと、口《くち》を大《おお》きくあけるように、扉《とびら》は上下《じょうげ》にひらきました。

黄色《きいろ》や緑《みどり》、青《あお》や茶色《ちゃいろ》のオニたちが、階段《かいだん》からおりてきたものたちの体《からだ》をつかみ、もちあげて、

「地獄《じごく》へようこそ」

「つらくても、根性《こんじょう》だして、がんばりなぁ」

と、笑《わら》いながら、扉《とびら》のむこうに次《つぎ》つぎほうりなげていきます。

あっというまにガンちゃんの番《ばん》です。

ガンちゃんのとてもとても大《おお》きな体《からだ》を見《み》あげて、オニたちはこまったようにいいました。

「こりゃいかん、大《おお》きすぎる」

「地獄《じごく》の扉《とびら》がこわれてしまう」

「そうなりゃ、大王様《だいおうさま》に大目玉《おおめだま》だ」

「大目玉《おおめだま》じゃすまないよ。首《くび》をちょっきん、ちょんぎられるよ」

「おい、そこのすっごくおっきいの、おまえ、地上《ちじょう》にもどって、しばらく、うろうろしてろ。そのうちに、体《からだ》がちぢんで小《ちい》さくなるから、そしたらもどってこい。わかったな」

赤《あか》オニがいいました。

「にげてもむだだぞ、かならず見《み》つけだして、つれもどすからな」

黄色《きいろ》のオニが、にらみました。

青《あお》オニが、

「いきたいところを頭《あたま》にうかべて、上《うえ》にむかってこれをなげろ」

と、足《あし》もとの石《いし》をひろって、ガンちゃんにわたしました。

ガンちゃんが、ううーんと考《かんが》えて、

「ええいっ！」

と、力《ちから》いっぱい石《いし》をなげると、上《うえ》のほうで、ごつんと音《おと》がして、するすると階《かい》段《だん》がおりてきました。

「じゃあ、いってきまぁす」

ガンちゃんは、階段《かいだん》をのぼっていきました。

「穴《あな》のふたはしめるなよー」

「帰《かえ》ってこられなくなるぞー」

下《した》からオニたちが大声《おおごえ》でいいました。

出口《でぐち》のふたを押《お》しあげて、穴《あな》から顔《かお》をだすと、岩《いわ》でできた四角《しかく》い家《いえ》のまん前《まえ》でした。

ガンちゃんの家《いえ》です。

近《ちか》づいてゆくと、中《なか》から大《おお》きな泣《な》き声《ごえ》がきこえました。

ドアをあけようとしたら、するんと体《からだ》がドアを通《とお》りぬけてしまい、廊下《ろうか》も、すーーっと、宙《ちゅう》にういたまま進《すす》めました。

「あっ、あれ、ぼくだ」

ガンちゃんは目《め》をぱちぱちさせました。

部屋《へや》の中《なか》で、ガンちゃんが白《しろ》い布《ぬの》をかけられて横《よこ》たわっています。

その前《まえ》でわんわん泣《な》いているのは、ガンちゃんのおかあさんと、いつもは家《いえ》にいないおとうさんでした。

「ガンちゃんごめんねー。おこってばかりでごめんねー。おにいちゃんだから、しっかりしてもらおうと思《おも》ってたの。ああ、もっとニコニコして、いっぱいほめてあげればよかったよ～」

おかあさんのボールのように大《おお》きな涙《なみだ》の粒《つぶ》が、ぼとんぼとんと、床《ゆか》におちて水《みず》たまりが広《ひろ》がっていきます。

「ガンちゃんごめんよー。いそがしいばっかりいって、遊《あそ》んであげなくてごめんよー。遊園地《ゆうえんち》にいく約束《やくそく》も、まもれなくてごめんよー」

上《うえ》をむいて泣《な》いているおとうさんの涙《なみだ》は、噴水《ふんすい》のようにふきあがって、天井《てんじょう》にとどきそうです。

玄関《げんかん》のドアがあく大《おお》きな音《おと》がして、

「ほんとうかい、ガンちゃんが鼻《はな》をぶつけて死《し》んじゃったって、ほんとうなのかい」

と、近《ちか》くに住《す》むガンちゃんのおばあちゃんが、大《おお》あわてでかけこんできました。

部屋《へや》のようすをみたとたん、へなへなとすわりこんでしまったおばあちゃんは、

「わあ～ん。先《さき》に天国《てんごく》にいくなんてそんなのひどいよー。ガンちゃんがいない

なら、長生《ながい》きしたって楽《たの》しくないよー、わたしも天国《てんごく》にいってしまいたいよ～」

と、大《おお》きな口《くち》をあけて泣《な》きだしました。

おばあちゃんの涙《なみだ》は、おふろの水《みず》があふれるように、どばどば流《なが》れでてきます。

「なんで死《し》んじゃったんだよー」

おとうさんの涙《なみだ》は、束《たば》になって天井《てんじょう》にあたってはねかえり、部屋中《へやじゅう》に雨《あめ》をふらせます。

「おばけでも、ゆうれいでもいいから帰《かえ》ってきてよ、ガンちゃ～～ん」

おかあさんの涙《なみだ》は、大《おお》きな池《いけ》になっています。

「ほら見《み》て。ぼく、ここにいるよ」

ガンちゃんは、おかあさんの顔《かお》の前《まえ》に、自分《じぶん》の顔《かお》をつきだしました。

「おかあさん、ぼくのこと、きらいだからおこってたんじゃなかったんだね」

と、にっこりしましたが、おかあさんには、なにも見《み》えないようでした。

おとうさんの耳《みみ》の近《ちか》くで、

「ぼくとの約束《やくそく》、ちゃんとおぼえてくれてたんだね」

と、いいましたが、きこえないみたいです。

「おとうさぁん、ぼくねぇ、うちにもどってきてるんだよぉ」

大《おお》きな声《こえ》でいいましたが、やっぱりわからないみたいでした。

おばあちゃんの横《よこ》にすわって、

「ごめんね。ぼくおばあちゃんと天国《てんごく》であえないんだ。だってぼく地獄《じごく》にいくんだもの」

と、背中《せなか》をなでようとしましたが、手《て》が通《とお》りぬけてしまいました。

おばあちゃんの、次《つぎ》つぎとあふれでる涙《なみだ》が、おかあさんとおとうさんの涙《なみだ》といっしょになって、まるで川《かわ》のように、ろうかを流《なが》れていきます。

奥《おく》の部屋《へや》で、ごとごと音《おと》がしました。

「あ、ゴンちゃんだ」

ガンちゃんがゴンちゃんの部屋《へや》にいってみると、おむつをつけた弟《おとうと》のゴンちゃんが、ベビーベッドの上《うえ》で、にこにこしながら自分《じぶん》のお腹《なか》をたたいていました。

「また、へんな遊《あそ》びしてる」

ガンちゃんが笑《わら》いながらいうと、ゴンちゃんは、ガンちゃんの顔《かお》を見《み》て、

「だって楽《たの》しいんだもん」

と、いいました。

「えっ。ゴンちゃん、ぼくが見《み》えるの？　ぼくの声《こえ》がきこえるの？」

「うん。いつもよりちょっとぼんやりしてるけど見《み》えるよ。声《こえ》も小《ちい》さいけどきこえるよ」

「ぼくがなにいってるかもわかるんだ」

「あたり前《まえ》だい。おかあさんのいうことも、おとうさんのいうことも、ぼく、ちゃんとわかってるんだい」

ゴンちゃんは、起《お》きあがって、とくいそうにお腹《なか》をつきだしました。

「へえ、そうだったんだ。ゴンちゃんすごいなあ。赤《あか》ちゃんてみんなそうなのかな」

ガンちゃんが、かんしんしていると、

「あれぇ、へんだなぁ……」

ゴンちゃんが、首《くび》を横《よこ》にかたむけました。

「どうして今日《きょう》は、ぼくの話《はなし》がおにいちゃんにわかるんだろう……今《いま》まで、いっしょうけんめい話《はな》しかけても、ちっともわかってくれなかったのになぁ……」

「ほんとだ。なんでだろう」

ガンちゃんも、首《くび》をかたむけます。

今《いま》まで、ちんぷんかんぷんだったゴンちゃんの赤《あか》ちゃんことばが、今日《きょう》は、なにをいっているのか、よ〜くわかるのです。

「わっ、たいへん。おにいちゃんの体《からだ》がすけてるよ。むこうの壁《かべ》が見《み》えるよ」

ゴンちゃんが大《おお》きな声《こえ》をだしました。

「あぁ、そうか……。ゴンちゃんのことばがわかるのは、ぼくが、おばけになっちゃったからかもしれない……」

目《め》をまんまるにしてこちらを見《み》ているゴンちゃんにガンちゃんはいいました。

「あのね、ゴンちゃん。おにいちゃん、ようがん広場《ひろば》でころんで、鼻《はな》をぶつけちゃってね……死《し》んじゃったみたいなんだ。もうすぐ、地獄《じごく》にもどらなくちゃいけないんだ」

「じゃあ、もう、いっしょに遊《あそ》べないの？」

ガンちゃんがうなづくと、ゴンちゃんの顔《かお》がくしゃくしゃになって、

「うえ〜ん。おにいちゃんの、ドジ、まぬけー。大《おお》きくなったら、いっしょにサッカーしたかったのに。だからぼく、いつもキックの練習《れんしゅう》してたのにー」

耳《みみ》がいたくなるほど大《おお》きな声《こえ》で、泣《な》きだしました。

「そうだったんだ……」

ガンちゃんがゴンちゃんをだっこしようとすると、かならず足《あし》をばたばたさせてお腹《なか》をけるので、

(ゴんちゃんは、ぼくのこと、好《す》きじゃないんだ……)

と、思《おも》っていたのでした。

ゴンちゃんの泣《な》き声《ごえ》をききつけて、おかあさんが、部屋《へや》にかけこんできました。

「いつもニコニコしているゴンちゃんが、こんなに泣《な》いて……」

おかあさんはゴンちゃんをだきあげると、

「きっとゴンちゃんも悲《かな》しいのね、おにいちゃんのこと、大好《だいす》きだったもんね」

といって、ぎゅうっとだきしめました。

おとうさん、おばあちゃんもやってきて、また、みんなでわんわん泣《な》きだします。

ガンちゃんの胸《むね》が、きゅんとなりました。

壁《かべ》をいくつも通《とお》りぬけて、自分《じぶん》の体《からだ》が横《よこ》たわっている部屋《へや》にいきました。

天井《てんじょう》から見《み》おろすと、自分《じぶん》の体《からだ》が今《いま》までより、大《おお》きく見《み》えます。

「あぁ～。きっとぼくの体《からだ》ちぢんできたんだ。ちぢんだら、地獄《じごく》にいかなくちゃいけない。いやだ。ぼく、ここにいたい。みんなといっしょにずっとずっと、ここにいたいよう」

ガンちゃんの目《め》から涙《なみだ》がこぼれだしました。

ぼちゃんぼちゃんと、下《した》に広《ひろ》がる涙《なみだ》の池《いけ》におちていきます。

すると、そこに、赤《あか》オニが、

「おい、こら、泣《な》くな。涙《なみだ》をとめろ！」

と、さけびながら、部屋《へや》にとびこんできました。

「おまえたちのせいで、地獄《じごく》に大雨《おおあめ》がふって、たいへんなことになっているんだ」

地獄《じごく》のオニたちが、大《おお》あわてで、ガンちゃんのつくった階段《かいだん》をのぼってきたのでした。

青《あお》や黄色《きいろ》、緑《みどり》のオニたちも、次《つぎ》つぎとびこんできて、

「大雨《おおあめ》のせいで、扉《とびら》の火《ひ》が消《き》えてしまいそうなんだぞ」

ガンちゃんの目《め》をおさえて、涙《なみだ》をとめようとしました。

「オレたちといっしょに、地獄《じごく》にもどるんだ」

と、腕《うで》をつかみ、ひっぱっていこうとしました。

ガンちゃんは、

「地獄《じごく》にいくの、やだよ〜。つれていかないで。ぼくここにいたいんだ。やめてよ〜」

体《からだ》をゆすって大《おお》あばれしてオニたちをふりおとし、ますます涙《なみだ》を流《なが》します。

「まずいよまずい。地獄《じごく》の扉《とびら》の火《ひ》が消《き》えると、中《なか》にいるやつらが、外《そと》にでてきてしまう」

「大王様《だいおうさま》に大目玉《おおめだま》だ」

「大目玉《おおめだま》じゃすまないって、首《くび》だよ首《くび》。首《くび》をちょんぎられるんだよ」

「ひゃ〜〜おっかないよ〜〜」

オニたちの顔《かお》が、むらさき色《いろ》になって、ブルブルふるえだしました。

「そうだ。コイツはまだ、地獄《じごく》の扉《とびら》の中《なか》に入《はい》ってないんだから、死《し》んでいないことにしてしまう、っていうのはどうだ？」

「おお、それはいい。ごまかしちまおう」

「それでこそ、われら、地獄《じごく》の門番《もんばん》だ」

「でも、どうやって？」

おたがいの顔《かお》を、じいっと見《み》あわせていたオニたちは、

「そういうときはこれだ！」

と大声《おおごえ》をあげ、

「こんなときこそオニのちえー」

「しぼれしぼれ、オニのちえー」

といいながら、自分《じぶん》の頭《あたま》を手《て》でつかみ、ほんとうに、ぎゅうぎゅうしぼりはじめました。

あんまり強《つよ》くしぼりすぎたので、黄色《きいろ》のオニのツノがすぽんとぬけて、ガン

ちゃんの顔《かお》にとんでいきました。

「いたい、なにするんだよ。鼻《はな》にあたったら、また死《し》んじゃうでしょ」

ガンちゃんが、ツノをなげかえすと、赤《あか》オニがうまくキャッチして、

「おっ、そうだ。いいこと考《かんが》えた」

といいながら、横《よこ》たわっているガンちゃんのところに走《はし》っていきました。

顔《かお》にかかった白《しろ》い布《ぬの》をとると、ぬけたツノを、ガンちゃんの顔《かお》の真《ま》ん中《なか》に、
えいっと、くっつけました。

「ほら、これで鼻《はな》ができた。もとの体《からだ》にもどれるぞ」

ガンちゃんは泣《な》きやんで、自分《じぶん》の顔《かお》をのぞきこみました。

「でも、この鼻《はな》で、息《いき》ができるの？」

ガンちゃんがきくと、

「あ、そうか。じゃ、これでどうだ」

赤《あか》オニは、とんがったつめで、ツノに穴《あな》を二つあけました。

ガンちゃんは、すううっと、自分《じぶん》の体《からだ》に入《はい》っていきました。

目《め》をあけると、オニたちの顔《かお》が見《み》えます。

起《お》きあがると、

「ばんざーい。ばんざーい」

オニたちは、両手《りょうて》をあげてよろこび、

「さ、早《はや》くみんなのところにいけ。いって、涙《なみだ》をとめてこい」

と、ガンちゃんの背中《せなか》を押《お》しました。

「おとうさん、おかあさん、おばあちゃん、ゴンちゃん、もう泣《な》かなくていいよ、ほら、ぼくいきかえったよぉ」

ガンちゃんは走《はし》っていきました。

奥《おく》の部屋《へや》の泣《な》き声《ごえ》が、ぴたっととまり、シーンとしずかになりました。

「よしよし、これで万事《ばんじ》オッケーだ」

「うまくいって、よかったよかった」

「そうとなれば、こんなところに長居《ながい》は無用《むよう》。帰《かえ》ろう帰《かえ》ろう」

オニたちが家《いえ》の外《そと》にでて、穴《あな》に入《はい》ろうとしていると、

「ぐお〜〜」

「ぎや〜〜」

「があ〜〜」

と、ものすごい声《こえ》がきこえて、どどどどど〜〜と、涙《なみだ》の川《かわ》が、洪水《こうずい》のように、押《お》しよせてきました。

あまりのうれしさに、ガンちゃんの
家族《かぞく》がいっせいに泣《な》きだしたのでした。
「もうかんべんしてよー」
オニたちも、泣《な》きそうになりながら、
次《つぎ》つぎ地獄《じごく》の穴《あな》にとびこみました。
さいごの赤《あか》オニが、
「もう、二度《ど》と、地獄《じごく》にこないでくれよ～」
と、さけんで、ぴたっと、ふたをしめました。
おばあちゃんは、高《たか》くなった
ガンちゃんの鼻《はな》を見《み》て、
「ますますおとこまえになったねえ。

天国《てんごく》のおじいちゃんの次《つぎ》にハンサムだよ」

と、ほめてくれました。

いつももち歩《ある》いている巾着袋《きんちゃくぶくろ》の中《なか》から、長生《ながい》きのお守《まも》りをとりだして、ガンちゃんにわたすと、

「ああ、よかった。ほんとによかった。よかった……よかった……」

と、いいながら、自分《じぶん》の家《いえ》に帰《かえ》っていきました。

その夜《よる》、ガンちゃんたちは家《いえ》の中《なか》がびしょぬれなので、屋上《おくじょう》でねることになりました。

おとうさんは、かわいた毛布《もうふ》を、屋上《おくじょう》のガンちゃんにほうりなげてわたしながら、

「今度《こんど》、キャッチボールしような、ガンちゃん。遊園地《ゆうえんち》にもいこうな」

と、いいました。

「家《いえ》の中《なか》がかわいたら、ガンちゃんの好《す》きなカレーをいっぱいつくるからね。今日《きょう》の夕飯《ゆうはん》は、これでがまんしてね」

おかあさんは、ビスケットとチョコレートを袋《ふくろ》からだして、お皿《さら》にのせました。

家《いえ》の外《そと》が大好《だいす》きなゴンちゃんは、屋上《おくじょう》じゅうをころげまわって遊《あそ》んでいます。夕《ゆう》ごはんを食《た》べてしまうと、みんな、もうねむくてねむくて目《め》をあけていられません。

毛布《もうふ》にくるまると、あっというまにねむってしまいました。

ところが、そのあと……。

寝《ね》ていたガンちゃんの顔《かお》に、なにかが、ガツンとあたりました。

ガンちゃんが目《め》をあけると、自分《じぶん》の体《からだ》から、ふわんとぬけでるところでした。

見《み》ると、ゴンちゃんの手《て》が、ガンちゃんの顔《かお》にのっています。オニにつけてもらった鼻《はな》がとれて、すぐ横《よこ》にころがっています。

「わっ、たいへんだ」

急《いそ》いで手《て》をのばしましたが、すっと通《とお》りぬけてしまって、鼻《はな》をつかむことができません。

「あ〜。せっかく、おばあちゃんに長《なが》生《い》きのお守《まも》りもらったのに……」

月《つき》の光《ひかり》のした、ガンちゃんは、ふわふわ空《そら》にのぼっていきます。

「おとうさん、おかあさん、ゴンちゃん、またさよならになっちゃったよ……」

みんなから、だんだんはなれていきます。

「でもぼく、みんなが、ぼくのこと大《だい》好《す》きだってわかって、ほんとうによかったよ」

ガンちゃんの目《め》から、涙《なみだ》がこぼれました。
ボタン、ボタン、と、ゴンちゃんにおちます。
ゴンちゃんの目《め》がパチンとあきました。
うかんでいるガンちゃんを見《み》て、
「がっ」
と、さけんでとび起《お》きました。
となりを見《み》ると、ガンちゃんの鼻《はな》がとれてころがっています。
ゴンちゃんは、あわてて鼻《はな》をつかむと、ガンちゃんの顔《かお》の真《ま》ん中《なか》に、
「えいっ」
と、くっつけました。
うかんでいたガンちゃんがおりてきます。
横たわるガンちゃんの体《からだ》に、すーっと入《はい》っていきました。

「ありがとう、ゴンちゃん」

ガンちゃんがいうと、ゴンちゃんが、にこっと笑《わら》って、とくいそうにお腹《なか》を突《つ》きだしました。

「あら、どうしたの。早《はや》くねなさい」

おかあさんの声《こえ》がしました。

「はぁーい」

ガンちゃんは返事《へんじ》をして横《よこ》になりました。

ゴンちゃんは、ゴロゴロころがって、おかあさんのとなりにいきました。

そして、あっというまにねむってしまいました。

空《そら》では、星《ほし》がちかちか光《ひか》っています。

「よかった、よかった。ほんとうによかった」

そういっているようでした。

ぞくぞくびっくり箱

はなよめさんとドクターパパ

堀 直子・作　亀岡亜希子・絵

リンリン電話《でんわ》がなっている。あたしが受話器《じゅわき》をとると、

「すぐ、うちに、きてもらいたいのっ」

あたしとおんなじ年《とし》くらいの、女《おんな》の子《こ》の声《こえ》がきこえた。

とってもあわてたようすだったけど、

「今日《きょう》の診察《しんさつ》は、おわりました」

あたしはきっぱりいってやった。

だって、今《いま》、パパは、往診《おうしん》から帰《かえ》ってきたばかりだ。

もう、夜《よる》の9時《じ》をまわっている。

「らん、パパにかわりなさい」

いきなり、パパが、あたしの受話器《じゅわき》をうばった。

「はい、おうかがいしますよ。森《もり》の入《い》り口《ぐち》で？　わかりました」

あたしはためいきをついた。

パパったら、休《やす》むひまなく、働《はたら》きづめだ。

午前中《ごぜんちゅう》はうちでの診察《しんさつ》、午後《ごご》からは、どこへでも、往診《おうしん》にでかけていくパパ。

――ひとりでも多《おお》くの人《ひと》の、お役《やく》にたちたいからな。

それが、パパの口《くち》ぐせだっていうのは、わかっているけど、あたしがせっかくつくった夕《ゆう》ごはんだって、食《た》べてくれたためしがない。

ママが生《い》きていたらなんていうだろう？

ママは、去年《きょねん》、あたしが三年生《ねんせい》の夏《なつ》、交通事故《こうつうじこ》で死《し》んだ。

ママは、だれにでも、やさしい看護師《かんごし》さんだった。

ママだって、きっというだろう。

すこしは、パパ、休《やす》みなさいって。

ちゃんとごはんも食《た》べてねって。

――あっ。いいこと思《おも》いついた。

あたしは、胸《むね》の中《なか》の、文句《もんく》たらたら虫《むし》を追《お》いだすと、パパにいった。

「ねえ、サンドイッチつくったから、車《くるま》の中《なか》で、食《た》べようよ。あたしも、いっしょにいっていい？　ひとりだと、なんか、さびしいし。パパだって、お腹《なか》、すいてるでしょ？」

おいおいドライブじゃないんだぞ、仕事《しごと》だぞ、そう、おこられるかと思《おも》ったら、

「ごめんな、らん」

パパがすまなそうに、あたしの頭《あたま》をなでた。

森《もり》の入《い》り口《ぐち》で車《くるま》をとめ、パパとあたしは、電話《でんわ》してきた女《おんな》の子《こ》がやってくるのを、いまかいまかと待《ま》っていた。

森《もり》は真《ま》っ黒《くろ》なマントを広《ひろ》げて、なにもかもおおいかくしてしまいそう。

星《ほし》も月《つき》もでていない。なんだか、こわいくらい。

でも、サンドイッチをパパといっしょに食《た》べられたのは、うれしかった。ほんとうにひさしぶり。自分《じぶん》でいうのもなんだけど、とってもおいしくできたしね。

「犬井先生《いぬいせんせい》？」

いきなり、かん高《だか》い声《こえ》がしたかと思《おも》うと、だれかが車《くるま》の窓《まど》をこんこんたたいた。

赤《あか》っぽいかみの女《おんな》の子《こ》だ。背《せ》の高《たか》さもあたしとかわらない。

「きみが、このはさん？」

パパがいった。

「そうよ、こっちよ」

女《おんな》の子《こ》が答《こた》えた。

――こんな夜《よる》おそくに、よびだすなんて。いいきなもんね。

あたしは、女《おんな》の子《こ》をにらんでやった。


このはの案内《あんない》するあとをついていくと、道《みち》はうっそうと草《くさ》でおおわれ、おいしげる木々《きぎ》の枝《えだ》が、魔女《まじょ》のつめのようにじゃまをした。

いったい、どこまで、いくっていうのよ？

あたしはなんだか心配《しんぱい》になって、パパの手《て》をぎゅっとにぎった。

「あっ、あれが、あたしんちよ」

このはがふいに指《ゆび》さした。

雲《くも》が流《なが》れ、ひとすじの月《つき》あかりに、レンガ色《いろ》の壁《かべ》がぼんやりうかんだ。

へーえ、こんなところに、こんな家《いえ》があったなんて。

けっこうレトロでいい感《かん》じ。

中《なか》も、広々《ひろびろ》として、さっぱりとかたづけられている。

このはは、長《なが》いろうかをすすみ、奥《おく》の部屋《へや》の障子《しょうじ》をあけた。

着物《きもの》を着《き》た女《おんな》の人《ひと》が、さびしそうにすわっていた。

「あたしのおねえちゃんよ」

このはがいった。

「どこの病院《びょういん》もしまってて、ここしか、あいて、なかったんだ」

――ここしか、だって…

あたしは口《くち》をとがらかした。

パパは、とっても、腕《うで》のいいドクターだぞ。

「先生《せんせい》」

おねえさんがふりむいた。

長《なが》いかみ。白《しろ》いゆりの花《はな》のように、きれいな顔《かお》。

だけど、あたしははっとした。

左目《ひだりめ》のうわまぶたが、ぷっくりと赤《あか》くはれていたんだ。

「どうしたんです？」

パパがいった。

「先生《せんせい》、おねえちゃんね、いたいいたい、目《め》がいたいって、ずーっとずーっと泣《な》いてばかりよ。ごはんも食《た》べないでさ」

「このは…」

「おねえちゃんは、もうすぐ、はなよめさんになるのよ。こんな顔《かお》じゃあ、はなよめさんに、なれやしないっ」

「けっこんするの？」

あたしはきいた。

そうよね、一生《いっしょう》に一度《いちど》のはれの日《ひ》に、あんな目《め》をしていたら。

はなむこさんも、にげちゃうかも。

「ちょっと、見《み》せてくれるかな」

パパが、おねえさんの目《め》を診察《しんさつ》しはじめた。

「ばいきんが、入《はい》ったか、それとも…」

おねえさんはきれいな顔《かお》をあおむけにし、パパにまぶたをめくられている。

「なおるのでしょうか？」

おねえさんがいった。

「なおりますよ」

パパはかばんをパチンとあけた。

かばんの中《なか》には、パパのスペシャル医《い》りょう道具《どうぐ》がそろっている。

パパは、ふつうのお医者《いしゃ》さんと、ちょっとちがうんだ。

パパのだす薬《くすり》は、けっしておいしいわけじゃないけど、せんじて飲《の》むと、お腹《なか》の中《なか》に、じーんってあったかくしみわたる。

体《からだ》の悪《わる》いところには、おきゅうをしたり、はりを刺《さ》してくれる。はりを刺《さ》すなんて、いたいかと思《おも》うでしょ？

ううん、むしろ、気《き》もちがよくなって、あたしは、いつもぐっすりねむってしまうんだ。


パパは、びわの葉《は》っぱをとりだすと、つやつや光《ひか》る部分《ぶぶん》をおねえさんのはれたまぶたに当《あ》てた。それから、ていねいによった米粒《こめつぶ》ぐらいのもぐさを、葉《は》っぱの上《うえ》においた。

線香《せんこう》に火《ひ》をつけて、もぐさのてっぺんにともす。

「あついあついい、火《ひ》は、あつい！」

このはがさわいだ。

「おねえちゃんが、やけどする」

「だいじょうぶよ、ちっともあつくないわ」

おねえさんがいった。

「ほんとに？」

「ほんとよ」

まぶたのおきゅうは、オレンジ色《いろ》にもえながら、びわの葉《は》っぱの上《うえ》で、じゅっと黒《くろ》いかすになった。

ふーと、このはが息《いき》をついた。

それから、パパは、おねえさんの背中《せなか》のつぼをさぐりだすと、細《ほそ》いかみの毛《け》のようなはりを何本《なんぼん》かうった。

銀色《ぎんいろ》のはりが光《ひか》って、おねえさんの背中《せなか》で、キャンドルのようにゆれて見《み》える。

「おねえちゃん…」

のぞきこむ、このはに、おねえさんが笑《わら》いかける。

「すごく、いい気《き》もちよ」

いつのまにか、おねえさんがすやすや寝息《ねいき》をたてている。

「よかった。これで、おねえちゃんの目《め》は、なおるんだね」

このはが、うれしそうにつぶやいた。


パパは三日《か》に一度《ど》、このはのおねえさんの診察《しんさつ》にでかけた。

おねえさんの目《め》は、だんだんはれがひいて、きれいな顔《かお》に、とってもよくにあうきれいな目《め》になった。


しばらくしてまた、リンリン電話《でんわ》がなった。

受話器《じゅわき》を耳《みみ》に押《お》し当《あ》てたとたん、このはの声《こえ》がひびきわたった。

「おねえちゃん、昨日《きのう》から、また、泣《な》いてるのよっ。ずっと、ごはんも食《た》べないで」

うそ。そんなことあるはずないじゃんって、あたしは思《おも》った。パパは、ちゃんとなおったっていったんだから。

「今《いま》すぐ、きてくんない？」

「だめよ、いけっこないじゃないっ。パパは、遠《とお》くの町《まち》へ、往診《おうしん》にいってるのよ。今日《きょう》は、帰《かえ》ってこないのよっ」

あたしはガシャンと電話《でんわ》を切《き》った。

だけど、あたしは、このはがなんだか気《き》のどくになって、学校《がっこう》の帰《かえ》り道《みち》、このはの家《いえ》までようすを見《み》にいった。

ぶどう色《いろ》の夕暮《ゆうぐ》れが、はじまったばかりなのに、このはの家《いえ》は、ひとあし早《はや》く、もう夜《よる》の色《いろ》にそまっていた。

あたしを見《み》るなり、

「ねえ、あんたのパパって、やっぱり、やぶ医者《いしゃ》?」

このはが、くってかかってきた。

「なによ、それ!」

あたしは頭《あたま》にきた。

パパがやぶ医者《いしゃ》? じょうだんじゃないわ。

あたしは、どかどか足《あし》をふみならして、一番奥《ばんおく》の部屋《へや》へいくと、いきおいよく障子《しょうじ》をあけた。

あーやっぱり。

おねえさんが泣《な》いている。てのひらをほおにそえて。

大粒《おおつぶ》の涙《なみだ》が、はらはら、あとからあとからこぼれおちる。

「おねえさん、まだ、どこかいたむの？」

あたしはあせった。

「パパに、連絡《れんらく》とってみる」

おねえさんは首《くび》をふった。

「ありがとう。先生《せんせい》のおかげで、目《め》のはれは、すっかりよくなりました」

「じゃあ、どうして？」

けっこん式《しき》も近《ちか》いのに。

「おねえさん、だめよ、泣《な》いてばかりいたら。けっこん式《しき》は、笑顔《えがお》が一番《ばん》、に
あうんだから」

「そうね」

おねえさんがやっと涙《なみだ》をふいた。

「けっこんできると思《おも》うと、わくわくするのよ、うれしくて、うれしくて」

そりゃそうよ、好《す》きな人《ひと》とけっこんするんだもん。

「だったら……」

「でもね」

あたしは首《くび》をかしげた。

「わたしが、けっこんしたら、妹《いもうと》が…妹《いもうと》のこのはが、ひとりぼっちに、なってしまうでしょ？」

「え？」

そうか、おねえさん、このはのことを心配《しんぱい》して、泣《な》いているんだ。

「わたしたち、ふたりきりの姉妹《しまい》なの。どこへいくにもいっしょ。小《ちい》さいときから、なかよしだった……」

おねえさんは、また、はらはら涙《なみだ》をこぼした。

「あたしだけ、幸《しあわ》せになるようで、なんだか、せつないの」

「おねえさん……」

やさしいんだな、おねえさんって。

まるであたしのママみたい。

あたしも、鼻《はな》の奥《おく》がつーんといたくなった。


あたしはこのはのところにいくと、いった。

「おねえさんは、目《め》がいたくて、泣《な》いているんじゃなかったわよ」

このはがびっくりした。

「じゃあ、どうしてさ？」

このはがあたしをじっと見《み》た。つぶらな真《ま》っ黒《くろ》な目《め》だ。

「けっこん式《しき》は、もうすぐなのに。なにも、泣《な》くことなんてないのに。おかしいよ。やっぱり、目《め》がいたいんだ」

「ちがうって」

あたしはやけになっていった。

「おねえさんは、このはちゃんのことを思《おも》って、泣《な》いているの」

「あたしのこと？」

「おねえさんが、はなよめになって、この家《いえ》をでていったら、このはちゃんは、たったひとりになってしまうでしょ？」

「そんなこと、わかってるよ…」

「おねえさんは、それが、つらいって。このはちゃん、ごめんねって、泣《な》いているの。そんなおねえさんのやさしい気《き》もち、わかってあげなさいよ」

「うそっ」

このはがうつむいた。

「うそ……」

このはは、下《した》くちびるをかんだ。

「だって、涙《なみだ》って、足《あし》をけがしたり、おかあさんと別《わか》れたときに、でるんじゃなかったの？　いたかったり、悲《かな》しかったりするときに……」

「だから、何度《なんど》もいうけど」

あたしはこのはに教《おし》えてやった。

「涙《なみだ》は、いたいときや、悲《かな》しいときにでるんじゃないの。うれしいときも、今《いま》みたいに、だれかを、思《おも》いやるときもでるの。わかった？」

「知《し》らなかった……」

「このは」

ふりむくと、おねえさんが、あたしたちの後《うし》ろに立《た》っていた。

「ごめんね。ひとりぼっちになるけど…」

「ううん、あたしは、だいじょうぶ。おねえちゃんこそ、幸《しあわ》せになってね。きっと、日本一《にほんいち》、きれいなはなよめさんになるよ。あたし、みんなに、じまんするよ」

このはがおねえさんの胸《むね》にとびついた。

「けっこん、おめでとう、おねえちゃん」

「ありがとう、このは」

このはの目《め》からも、きらきら涙《なみだ》があふれた。

いいな、きょうだいがいるって。

あたしもなんだか、胸《むね》がいっぱいになった。


それから、二、三日《にち》たって、あたしとパパは、とうげ道《みち》を車《くるま》で走《はし》っていた。

おばあちゃんの家《いえ》によった帰《かえ》りだった。おばあちゃんの神経痛《しんけいいつう》がひどくなって、パパが診察《しんさつ》にいったんだ。

おばあちゃんは、おみやげに、おやきをたくさんもたせてくれた。

あたしはおばあちゃんがつくってくれるおやきが、大好《だいす》きだ。

だって、パンみたいにふかふかで、中《なか》にあまく煮《に》たりんごが入《はい》っていたり、パパの好物《こうぶつ》の野沢菜《のざわな》がしゃきっと入《はい》っていたり、なすとひき肉《にく》のみそいためもあって、ほっぺたがおちるぐらいおいしいんだ。

おばあちゃんの家《いえ》で、ひさしぶりにゆっくりすごせたのもうれしかった。

おばあちゃんは、パパにはりをうってもらって、だいぶ楽《らく》になったよって、にこにこしたっけ。

今日《きょう》の往診《おうしん》は、もうこれでおしまい。

初夏《しょか》のとうげ道《みち》は、日《ひ》もおちはじめ、ざわざわと風《かぜ》もでてきたが、家《いえ》に帰《かえ》ったら、おやきでパパとかんぱいだ。

そんなことを思《おも》って、あたしはうきうきした。

ところが、よく通《とお》るとうげ道《みち》なのに、パパときたら、道《みち》をまちがえてしまったんだ。

「パパ、やっぱり、働《はたら》きすぎよね」

あたしはいってやった。

「そうだな、今日《きょう》はじっくり休《やす》むとするか」

パパがにが笑《わら》いした。

いつもの道《みち》へもどろうと、パパは車《くるま》を走《はし》らせた。

「あれ?」

ぽつんぽつんと雨《あめ》がふってきた。

「パパ、雨《あめ》よ、いそいで」

だのに、あたりはなんだか明《あか》るい。

風《かぜ》もやみ、さっきよりも、ずっときれいな水色《みずいろ》の空《そら》が広《ひろ》がっている。
「お天気雨《てんきあめ》だよ」
パパがいった。
――お天気雨《てんきあめ》か…
きらきら光《ひか》る雨《あめ》が、しずかに木々《きぎ》の緑《みどり》の葉《は》っぱをぬらし、まぶしいくらい。
一瞬《いっしゅん》、車《くるま》のミラーに赤《あか》い火《ひ》がゆれた。
あたしはどきっとした。
ちょうちんを手《て》に手《て》にもった長《なが》い行列《ぎょうれつ》が、山《やま》の上《うえ》から、ぞろぞろと歩《ある》いてくるんだ。
パパは車《くるま》をとめ、行列《ぎょうれつ》がすぎるのを待《ま》った。
「ねえ、パパ」
あたしはおもわず口《くち》ばしった。

だって、行列《ぎょうれつ》の真ん中《まんなか》には、きれいなはなよめさんがいるんだもの。
「パパ、このはちゃんのおねえさんよ。おねえさんのおよめいりよ、きっと」
まっしろいうちかけに、つのかくしをしたはなよめさんが、ふっと、こっち
を見《み》てほほえんだ。
やっぱりそうだ。
「おねえさんっ」
あたしは窓《まど》から身《み》をのりだして、はっとした。
ちがう！
きつね！
その瞬間《しゅんかん》、けたたましい鳴《な》き声《ごえ》がした。
やぶのなかから、一匹《ぴき》のこぎつねがとびだしたんだ。
風《かぜ》にそよぐ赤《あか》っぽい毛《け》。

「このはちゃん？……」

こぎつねは、なにかいいたそうに、あたしを見《み》た。

あの目《め》、あのつぶらな黒《くろ》い目《め》。

「このはちゃん！」

こぎつねは、行列《ぎょうれつ》が去《さ》っていくのを、なごりおしそうに見送《みおく》ると、山《やま》の奥《おく》へ走《はし》り去《さ》った。

はなよめのちょうちん行列《ぎょうれつ》も、こぎつねも、いなくなった暗《くら》いとうげ道《みち》に、あたしとパパだけが、ぼんやりとり残《のこ》された。

●著者プロフィール●

後藤みわこ（ごとう みわこ）
名古屋市生まれ。作品に「100回目のお引っ越し」「おばっちのブイサイン」「ルルル♪動物病院　走れ、ドクター・カー」など。

山崎香織（やまざき かおり）
茨城県生まれ。『やみの世界の骨太郎』（文溪堂・てのひら文庫）、『チビちゃんの桜』（ハート出版）など。

梨屋アリエ（なしや ありえ）
栃木県生まれ。作品に『でりばりぃ Age』（講談社児童文学新人賞受賞）、『ピアニッシシモ』（児童文芸新人賞受賞）、『ココロ屋』など。

たにむら・かずほ（たにむら・かずほ）
三重県生まれ。作品に『ひげ先生のおまじない』『豆じゃが』個人誌『まっくりあん』。

堀 直子（ほり なおこ）
群馬県生まれ。作品に「おれたちのはばたきを聞け」（日本児童文学者協会新人賞）「ゆうれいママ」シリーズ、「カステラやさん」シリーズ、「ベストフレンド」など。

ぞくぞく☆びっくり箱③

なきむしオバケ 5つのお話

2014年10月　初版第1刷発行
2017年11月　　　第2刷発行

編　者　日本児童文学者協会
発行者　水谷泰三
発　行　株式会社**文溪堂**
〒112-8635　東京都文京区大塚3-16-12
TEL (03) 5976-1515（営業）(03) 5976-1511（編集）
ホームページ　http://www.bunkei.co.jp
印刷・製本　図書印刷株式会社

カバー・本文デザイン　DOMDOM

ISBN978-4-7999-0083-3 NDC913 148P 188 × 128mm

ぞくぞく
びっくり箱

ぞくぞくびっくり箱

日本児童文学者協会・編　全5巻

1 あわてんぼオバケ 5つのお話

あわてんぼうおばけの初恋のあいては?　あわてて乗ったバスで着いた先は?　あわてんぼなのは、おどかすオバケのほう? それとも、おどかされるほう?　ドタバタ楽しい5つのお話。

2 こわ～いオバケ 5つのお話

「こわ～いおばけ」にも、こわいものがある?　捨てたはずの「箱」が復讐にやってくる……。遊園地の巨大な迷路、最初は楽しかったのに……。ちょっぴり?　とっても?　「こわい」5つのお話。

3 なきむしオバケ 5つのお話

えっ、おばけが、なきすぎて動けない?　おばけのフワリは、いつも「ねぼう」して人間をおどかす時間に起きられない……。おばけがなくのは、どんなとき?　なきむしおばけが活躍5つのお話。

4 おこりんぼオバケ 5つのお話

「一日おばけ」になったおばあさんがであったおこりんぼおばけの正体は?　やさしい先生が最近よくおこる、これは、おばけのしわざ?　いろんなおこりんぼおばけがいっぱい、5つのお話。

5 わらうオバケ　5つのお話

るすばん中にやってきたにこにこ顔の女の子は、だれ?　いじわるされた、やり返したい…そんなときこそ、おばけの出番?　おばけがわらうとなにが起こる?　わらうおばけが活躍5つのお話。

ghost stories ♦ 5 ghost stories